U0609455

漫娱图书
SINCE BOOKS

限　定　好　友　系　列

JI DUAN TI ZHI

限 · 定 · 好 · 友 · 系 · 列

SPECIAL
ONE

极端体质

李科棠 主编

长江出版社 CHANGJIANGPRESS 漫娱图书

诊断单 DIAGNOSIS FORM:

基本信息 BASIC INFORMATION:

姓名：虞凤良　　性别：男　　年龄：18岁

诊断结果 DIAGNOSIS:

双下股运动功能丧失

处理建议 SUGGESTION:

转院接受进一步治疗

药物用法

药品名

一日＿＿＿次　　一次＿＿

饭前 ◉　饭后 ◉　睡前

基本信息 BASIC INFORMATION

◉ 服用

陪诊人：袁左岸

袁左岸笑了，点头道："那你什么时候回来?我们抓的娃娃还没来得及兑换。"

虞凤良咬着后牙："治不好就回来,治好就不回来了。"

"那我希望你能好。"

……

"天大地大,随你去哪儿。"

——《麦芒的针尖》

诊断单 DIAGNOSIS FORM:

基本信息　BASIC INFORMATION:

姓名：陆晏回　　性别：男　　年龄：21岁

诊断结果　DIAGNOSIS:

中度面容失认症，但能够识别特定对象

处理建议　SUGGESTION:

无法治愈，进行补偿性干预及矫正性干预

药物用法

药品名

一日___次　　一次___片

饭前◉　饭后◉　睡前◉　服用◉

Hiding in plain sight.

基本信息

"你是我混沌世界里，唯一初次见面就容貌清晰的人。"

——《欲盖弥彰》

陪诊人： 季青屿

目录

contents

基本信息
BASIC INFORMATION

DIAGNOSIS FORM:

Contents

(MAIMANG)

麦芒
的
针尖

文/又一清晨

开朗活泼家教老师

Vs 自卑忧郁叛逆学生

希望你能好，能去到世界的任何一处地方。

ZHENI AN

（麦芒的钋尖）

maimangdezhenjian

文/又一清晨

治愈系文字偏爱者，温暖细腻爱吃糖。

01

在水深火热中，救我于深海。

如果不是因为那时薪五百的丰厚补习费，袁左岸绝对连一个眼神儿都不会给虞凤良。

房间里的落地窗大敞着，空气南北对流，户外绿树成荫，即便在三十多度的高温下，不用开空调也能享受到清清凉凉的自然风。字迹潦草的试卷被胡乱地扔在书桌上，第一面写了"虞凤良"三个字，这字迹笔力遒劲、张牙舞爪。

这是什么玩意儿？

袁左岸冷笑一声，随后面无表情地打开课本开始讲今天的知识点，发音字正腔圆，活像一个没有灵魂的讲课机器。

趴在游戏机前的那人终于慢悠悠地醒了，虞凤良伸了个懒腰，感叹出声："世态炎凉，人心不古，现在这钱都这么好赚了啊，袁老师你说是不是？"

袁左岸不搭理他，自顾自地调整好窗台上的摄像头进行对焦。

在过去的十多年里，袁左岸一直坚信人与人之间是存在善意的，直到遇到虞凤良这个人。

虞凤良屈着手指敲敲身边的轮椅："袁老师，你就是这么答应我姑姑的？"

他十岁前在南方生活，口音里总带着几分江南水乡的软糯，特别是刁难人的时候，最后一个字的尾音总是不自觉地往上扬。

"我要学习，袁老师您看着办吧。"虞凤良斜着眼睛笑，强调道，"医科大学品学兼优的高才生袁左岸老师。"

两人就这么互不相让地对视着，硬撑了五分钟，袁左岸到底是败下阵来，认命地走过去把那大爷扶到轮椅上。

虽说虞凤良的身体瘦削单薄，但毕竟是半大的小伙子，长手长脚的，委实不轻。

袁左岸嫌恶地皱起眉："身体不利索就自觉点，成天让许姨伺候你上上下下的，好意思吗？"

"这有什么不好意思的？"虞凤良漫不经心道，两张薄唇一开一合，没一点人情味儿，"拿几分钱出几分力，怎么，还要雇主烧高香把你们这些人供起来？"

袁左岸被他反驳得无话可说，胸口里郁气难出，半天才憋出来一句："你的嘴怎么这么毒？"

一百五十分的数学卷，虞凤良满打满算就对了两个选择题，袁左岸把试卷反面的大题一溜儿看下来，只有一串"解"字。

袁左岸使劲地嚼着嘴里的口香糖，忍住要抽他的冲动："你是故意的，幼不幼稚啊？"

虞凤良摊开手："这话怎么说，我一个没回过校的残疾人，你还指望我给你创造一个人残志坚的奇迹？"

良好的素养让袁左岸吐不出什么过分的词，更别说还对着一个身有残疾的人——虞凤良才十多岁就……

得，这是自己烂好人的劲儿又上来了。

袁左岸脑子里一激灵，恨不得给自己一巴掌。

人家住着别墅，请着保姆，家财万贯，用得着你可怜？

他这边心理活动激烈，看着虞凤良的眼神也一会儿冷一会儿热："那您老人家挺会做题的，我强调的易错点您是一个没逃过，您搁这儿给我扫雷呢？"

漫长的两个小时终于在这诡异的气氛中熬了过去。

客厅里的挂钟一响，袁左岸利索地背起书包往外走，一秒都没耽搁，顺带还对着虞凤良坐着的背影挥手："拜拜了。"

回到家后，袁左岸照例接到了虞锦棠打来的电话。

虞凤良的姑姑虞锦棠是市医院神经科的主任，人美心善，如果不是因为她的请求，哪怕倒贴五百块袁左岸也要远离虞凤良这个刺儿头。

虞锦棠温柔的声音从手机里传来："这次我出差的时间有些久，鞭长莫及，小良那边我可能就顾不上了，阿姨想麻烦你在有空的时候多去看看他……"

袁左岸自然不会拒绝她，一番礼貌的寒暄之后，还不忘给虞锦棠汇报虞凤良这两天的情况："虞阿姨，我暴露了，凤良他知道我是高中生了……哦，没什么，就是前几天我不小心把附中的校徽落在他房间里了。"

"没关系，"虞锦棠轻笑一声，"你多和他说说话，陪陪他就行了。"

袁左岸从屋里走出来，到菜园帮外婆摘豆角。

郊区离市里远，他每个周末只能回来一天。

外婆将冷水浸泡过的西瓜切开："刚才是虞医生打来的电话

吗？"

袁左岸点点头。

外婆把最大的那块西瓜递给他，嘱咐道："她是为了小良吧？多好的孩子啊，让人心疼。"

袁左岸笑嘻嘻地哼唧了两声："还夸他好孩子呢，说得您好像见过似的。"

要是您见一见虞凤良啊，心脏病都得给气出来。

袁左岸想着虞凤良："老太太，您有我这么懂事的大孙子，可偷着乐吧。"

02

为了更好地完成任务，表现出自己的诚恳态度，袁左岸前去辅导虞凤良的次数从"一周一次"变成了"两天一次"。

他到别墅的时候刚好五点钟，虞凤良正在打游戏，卧房里的窗帘被拉得严严实实的，只能看到大屏幕上被狙击手击中的小人儿。

袁左岸倚在后墙上看了一会儿，觉得没啥意思，抬起手啪地把吊灯按开了。

虞凤良眼前一亮，手一抖，游戏里的角色死得透透的。

他转过身冷冷地盯着袁左岸，半晌才开口："我想和你打一架。"

这是痴人说梦呢。

袁左岸把课本扔进他怀里："你想呗，使劲想，想想又不犯法。"

虞凤良翻开课本，当着袁左岸的面唰的一下撕下来一页纸，慢悠悠地叠了只纸飞机："这口气出不来，我心情不好，什么也学不进去。"

袁左岸服了这人胡说八道的能力，这话说得好像虞凤良什么时候能学进去似的。一年三百六十五天，他就没个心情好的时候。

"撕吧，损坏教材也得算账上，"袁左岸指了指摄像头，"反正录着呢。"

一间房里，一个监控器配一个摄影头，这场景，知道的是他们在补习，不知道的还以为这里是什么拍摄现场。

袁左岸也不想这样，都是被虞凤良逼出来的。

初入龙潭的时候没经验，虞凤良认准他的脾气一点就着，一见面就摆了他一道。

他不过是轻轻拍了虞凤良一下，在对方的添油加醋下就演变成了一场霸凌和殴打。

"这破书值几个钱啊？也就你这种人能看进眼里。"虞凤良朝袁左岸勾勾手，示意他过去。

虞凤良从毯子下面摸出一张人民币，另一只手掀起袁左岸的卫衣，把那一张票子塞了进去："这些钱买你几巴掌怎样？"

他们这山雨欲来的氛围委实让人紧张。

端了果盘的许姨愣是没敢进门。

论气人的能力，虞凤良要是排第二没人敢称第一，袁左岸把他的手从自己身上扔下去，皮笑肉不笑："谈钱多俗啊。你现在要是能把一模数学卷一题不错地做完，我就让你打仨耳光。"

虞凤良没想到他会说出这样的话，眼神闪了闪，勾起嘴角："你对自己倒是挺狠的。"

这是车祸之后虞凤良第一次正儿八经地做题。

这场景多新鲜啊。想当初多少人威逼利诱他，苦口婆心地劝他，虞凤良都没让他们如愿，如今袁左岸的三个耳光就让他妥协了。

袁左岸觉得自己被狠狠地玩弄了。

袁左岸感觉自己亲手接过恶魔的绳子，然后套上了自己的脖子，现在他的嘴唇都是抖的。

"你输了，"虞凤良活动了下手腕，满意地端详了会儿对面那人川剧般的神级变脸，"男子汉大丈夫，你不会说话不算数吧，不会吧？"

"愿赌服输，"袁左岸弯下身子，两只手臂撑开按在虞凤良轮椅两侧，"来，你打。"

他紧咬着后槽牙，像只被束缚住了的野兽。

虞凤良则毫不躲闪地直视着他的眼睛。

袁左岸脑袋里糨糊似的乱成一团，全身的气血都涌上了天灵盖，恼怒、屈辱，还有几分说不上来的羞耻。

如果他打了我，袁左岸想，我就……

虞凤良抬起手来，但预想之中的巴掌并没有落到脸上。

他只是用力抵住袁左岸的胸口往后一推，神色淡淡的："先欠着吧，我什么时候心情不好了，你再还。"

袁左岸无声地松了口气。

这两天遇上的事儿没一件是让袁左岸顺心的，就连班主任都占用了一周中唯一的一节体育课。袁左岸去二班借书的时候，整个人都不在状态。

二班的文沥和他是老球友了，彼此算是知根知底的关系。

"其他的书要备着几本吗？防止那个家伙哪天犯病全给你一锅端喽。"

"不用，"袁左岸摇摇头，"姓虞的有强迫症，同一个法子不会用两次。"

过去，在袁左岸的认知里，虞凤良是个有钱人，现在他对对方的了解又深入了一层——他不光有钱，而且还有智商。

袁左岸已经连续几天没去别墅了，他想到虞凤良的脸就联想到自己欠着的那三个耳光。

这是一把悬在他头顶上的刀。

03

虞凤良的生活本就很没有意思，袁左岸的旷工更是让他枯燥乏味的生活雪上加霜。

在又一次的等待落空之后，虞凤良决定自己去找点乐子。

山不来就我，我便去就山。

阜城附中是市里最好的中学之一。

虞凤良还在实验中学读书的时候，钱主任就把附中视为头号竞争对手。

世事无常，谁曾想昔日的主任跑到"敌校"当校长去了。

虞凤良摇着轮椅正对着伸缩门观赏门口那两行大大的校训。

袁左岸出来的时候就看到这么一副凄凉的景象。

夕阳西下，要是虞凤良面前有个破碗，他指定要把兜里的那几个钢镚全都捐给他。

今天袁左岸本就准备上门给虞凤良补习的——逃避解决不了问题。

可他万万没想到，虞凤良惦念那三个巴掌惦念到要来学校堵他。

"虞少爷，不要以己度人，做人的基本原则我还是有的。"

虞凤良无视了袁左岸的嘲讽，饶有兴味地看着他。

"我刚刚遇见你同学了。

"我跟他们说，我是你弟弟，来跟你争家产的。"

袁左岸把肩上的书包挂到轮椅后面的扶手上，自觉地把虞凤良往保姆车那边推。

再多待一秒，他真怕虞凤良在大街上撒泼，污蔑他虐待残疾人。

以虞凤良这糟糕的人品，能干出什么奇葩事儿都说不准。

袁左岸故意推着轮椅轧上石子颠了他几下："说呗，附中谁不知道我生下来我爸妈就离婚了，哪有什么弟弟。你以为谁都可以那么幸运，有亿万家产可以继承？"

世界上千家万户，有幸福美满的，也有支离破碎的。

虞凤良冷笑："离异怎么了，还卖上惨了，幸运？是我爸出轨、我妈联合外人搞垮公司没成功的那种幸运吗？"

他这么直接地暴露家事，倒是让袁左岸不知如何开口，只好干巴巴地憋出句："呵呵，你家危机公关做得还挺不错的……"

袁左岸把虞凤良送上车后，虞凤良反而拿起了游戏机不愿意看他。

虞凤良讨厌他爸虞锦程。

他把游戏手柄按得啪啪响："我爸冷漠、自私，从基因里就带着利己主义的印记，姓虞的不是什么好人。"

这怎么还把自己给骂进去了呢？杀敌一千自损八百。

袁左岸环着双臂，尽说大实话："你不也姓虞吗？"

"所以说啊，我也不是什么好东西。"游戏屏幕上的蓝光反射到虞凤良脸上，他的眉眼间全是凛冽的冷意。

袁左岸扑哧一声笑出来，他和虞凤良相处了这么久，也就这句话听着顺耳。

这局游戏赢了，虞凤良没再开新的游戏房间，撂下手柄，转过半个身子盯着袁左岸看。

袁左岸被他盯得不爽，下意识地想说一句"看啥看"，话到嘴边又噎了回去，毕竟敌人手里还攥着那致命的三个巴掌。

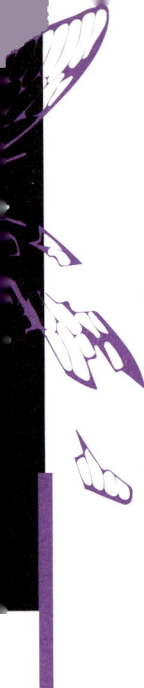

虞凤良问他："你是怎么和虞锦棠搭上线的？"

袁左岸如实地回他："年末的时候，我外婆生病，虞医生是主治医生，还帮我们安排了病房。"

"怪不得。"虞凤良摸了一把开心果，怪不得刚开始的时候他那么折腾，都没把袁左岸折腾走。

"你是不是以为虞锦棠是什么好人？"他拨弄了下眼前的发梢，"她诓你呢，给你点小恩小惠就让你对她感恩戴德了。虞家人嘛，最会玩弄人心了。"

袁左岸见过不识好歹的，没见过这么不识好歹的："你知道'狗咬吕洞宾'的下一句是什么吗？"

"明知道我不需要补习，还委托你过来，你说是为了什么？"

"明知道你是高中生，反而教唆你编造学历骗我，你说是为了什么？"

虞凤良咄咄逼人，每句话都问在点上："因为她要找个能让我撒火的出气包！"

袁左岸倒是十分平静："我当然知道是为了什么，那是她关心你，作为亲人虞医生这么做也是人之常情，可以理解。"

虞凤良简直要被气笑了。

好一个心思单纯的高中生。

04

距离上课还有两分钟，袁左岸打完球回来，点儿掐得刚刚好。

学习委员发资料正好走到他那排，袁左岸擦擦手上的水，接过来问了句："这节课讲作文？"

童淼把剩的几张纸折起来："这叫赏析，懂不懂？钱校长钦点的内部佳作，整个年级人手一份。"

这节课并不是作文课，林老师稍微提了两句就开始讲昨天布置的练习题。

不过袁左岸没听进去几个字，因为他整节课都在欣赏刚刚发下来的"大作"。

这篇文章不同于之前他看过的一些议论文，也没有所谓凤头、猪肚、豹尾之类的套路。

文章写得懒散却很有意思。

世人谈论李广，多是道其平生功绩，或是苦战难封，这篇却角度清奇，论述李广的性格缺陷。

冯唐易老，李广难封，是生不逢时，亦是既定必然。

袁左岸往前翻了翻，没有署名，他也就没有继续深究。

童淼和文沥约了周末去滑冰。

童淼在晚自习传了张小纸条给袁左岸：一起去吗？对面新建的星空博物馆竣工了。

袁左岸还挺想去看看的，奈何这周实在是太忙，只能忍痛拒绝了。

回外婆家以后，他还需要整理复习笔记，准备外语竞赛演讲，去别墅辅导虞凤良的功课。

袁左岸把最后一项狠狠地打了个红叉。

虞凤良天生就是来克他的。

袁左岸到别墅的时候许姨正在煲汤，她温和地笑笑，往二楼指了下："小良在放映室看电影。"

虞凤良正在看一部叫《傲慢与偏见》的英国爱情片，英伦田园式的风景像铺开的油画一样。

袁左岸一进来他就察觉到了。他身边的软垫被轻轻压下去一个凹陷，两个人就那么安静地各欣赏各的，相安无事，互不打扰。

"我对于某个人一旦没有了好感，就永远没有好感。"

虞凤良哼哼两下："她被打脸了。"

他"叮"的一声按灭了画面："我要出去逛逛，你陪我一起。"

"不好意思，我没有这个义务。"袁左岸保持微笑，这钱挣了可是要折寿的。

"抵一个耳光。"

……

司机把他们送到商业街就回去了，虞凤良下了车后便自顾自地坐着电轮椅往前开。

路上的行人投来好奇的目光，不知道是对电轮椅感兴趣，还是对好看的少年有好奇。

虞凤良面上波澜不惊，但仔细观察一下就能发现他正无意识地揉搓着手指。

他不自在。

袁左岸脑子里马上得到了这个结论。

旁边玻璃橱窗里摆着一只憨憨的熊猫玩偶，一眼看过去像是能把虞凤良包裹进柔软的肚皮里。

"欸，你等一下，我去买个东西。"

袁左岸快步冲进店里，没几分钟就出来了，手里还提着一个精美的礼品袋子。

他把袋子里的熊猫拿出来放到虞凤良腿上，然后把包装袋潦草地折了几下塞进后腰的口袋里。

"熊猫？"虞凤良捏着玩偶圆润的耳朵在手里转了一圈儿，"好丑。"

"丑你就扔掉。"

虞凤良当然没扔，只是继续摆弄着："喂，你推着我走。"

袁左岸迷惑："这不是有电吗？"

虞凤良用看白痴一样的眼神看他："我得抱着它，怎么看路？快点。"

莫生气莫生气，气出病来无人替。袁左岸默默安慰着自己。

电玩城就在商场二楼，袁左岸买甜筒的时候，居然遇上童淼了——他和文沥两个人是好友，都对打游戏有瘾。

童淼兴奋道："呦，真巧！这个点了，一起吃一顿去呗？顶楼新开了家火锅店。"

袁左岸低头看了眼默不作声的虞凤良，又若无其事地继续说笑："你们游戏打完了？"

童淼把手里的空矿泉水瓶捏得叭叭响："还玩呢，文沥太菜了，再玩就没劲了。"

虞凤良有点不高兴，但他是个很会隐藏情绪的人。

我大概是嫉妒。他阴暗地想。

因为他们站着说话，足足高他半个身体。

袁左岸弯下腰问他："你饿不饿，要去吃饭吗？"

虞凤良笑得像一朵纯良的小白花："都听袁哥的。"

袁左岸感到一阵恶寒。

但他们到底还是一起去火锅店了。

05

与童淼不一样，文沥是知道袁左岸和虞凤良恩怨的人。

为了给兄弟打抱不平，这时候他就比较有脑子和眼力见儿了，不动声色地将四个人中不熟悉的那个人孤立出去。

他们的话题从球场说到教室，再紧锣密鼓地过渡到各科任课老师。

虞凤良当然发现了对方的小心思。

傻。

他无声地骂了一句，然后悄无声息地出了餐厅。

袁左岸是在喝冰水的时候发现虞凤良不见了的，因为杯子就放在他右手边。

他问对面两个人："看到虞凤良了吗？"

童淼摇头："去厕所了吧。"

想到他腿不方便，袁左岸立刻拿了外套起身："我出去看看。"

文沥感叹："这哪是家教啊？这分明是保姆。"

中午十一点到下午两点半是食客用餐的高峰期。

以袁左岸对虞凤良的了解，他肯定不会独自和陌生人挤电梯，所以应该还在这一层的某个地方。

娃娃机对面的绿植旁边传过来青春期男生嗤笑的声音，是那种满大街都可以听到的噪音。

袁左岸刚想转身离开，就听见有人叫了一句"虞凤良"。

他收回脚步，站在原处没出声。

"你的病犯了吗？

"你妈有病，你肯定得遗传啊，隐性基因，大学霸不会连这都不知道吧。

"整个实验中学，谁不知道你的事啊？

"你怎么不傲了，爹不疼娘不爱，没人要喽！"

从头到尾的话语全是这些人的挑衅，袁左岸没听到虞凤良的声音，站在他这个位置只能看见那人的背影，自然也不知道虞凤良的表情。

他们奚落完虞凤良，看他没反应，觉得无趣便离开了，袁左岸过了一会儿才一边叫他一边走过去："你怎么自己出来了？"

他绕到虞凤良前面，果然那人平静得像是看了场并不好笑的单口相声。

"你朋友是属马蜂的吗？聒噪。"

这人心情不好就喜欢人身攻击。

袁左岸没反驳，看着对方膝上的熊猫："要不要夹娃娃？"

夹娃娃是个技术活。

虞凤良以前腿好着的时候也很少能把娃娃抓上来，因为他没耐心。

但袁左岸明显是个老手，他选着机子抓，一会儿工夫就收获良多。

袁左岸有点得意："这个得会捡漏，专挑别人放弃的，成功率才高……"

虞凤良盯着他没说话。

他们最后夹了一小筐玩偶，虞凤良瞅了眼之后扭开了脸。

盗版玲娜贝儿、变色星黛露、斗鸡眼乌龟……这都是些什么啊。

袁左岸看着他的反应摇摇头："算了，还是把它们存起来吧，攒多了我们可以来换个熊猫的大抱枕。"

晚上回去，虞凤良态度平和地接了虞锦棠的电话，这反应可谓是大姑娘上花轿——头一回。

虞锦棠的声音听起来十分惊喜。

虞凤良主动要求道："袁老师很好，和他待在一起很舒服，能让他一直辅导我吗？"

对面答应得很干脆，虞凤良的心情也跟着明朗起来，他看了下书桌，回复道："年假啊，可以，嗯，一起去看熊猫。"

06

这段时间袁左岸都有些心不在焉。

说到底上次听墙角的那些话还是让他很在意。

钱校长在教室前门口朝他招招手。

袁左岸放下课本走出去："老师，您找我？"

"你和虞凤良同学挺熟的？我那天下班看见他来找你了。"

"不容易呀，是个好兆头。"他半是欣慰、半是惋惜地感慨，"你看过我上次发下来的那篇文章了吧，写得多好哇。那孩子天分高又聪慧，可惜自打家里出事之后就跟变了个人一样，不求上进，破罐子破摔了。"

钱校长最后说道："既然你们是朋友，你就多帮帮他吧。"

袁左岸和虞凤良的关系被钱校长轻而易举地下了定义。

他们不是单纯疏离的雇佣关系，也不是迫不得已的人情交换，而是朋友。

这一刻，所有飘荡在袁左岸心里的牵挂和在意都有了着陆点，与此同时，他还多了一份义不容辞的使命感。

这份隐秘的使命感驱使着袁左岸把虞凤良带回了他亲爱的外婆家。

虞凤良很会装，只要他愿意，任何人都看不出来他是个厌世的刺儿头。

袁外婆朝着袁左岸说道："你可不能欺负人家啊，小良是个好孩子，快快多吃点菜。"

虞凤良接过袁外婆夹的鸡腿，笑得一点也不生硬："谢谢外婆。"

袁外婆是个十分健谈活泼的老人家，说的话虽然没有恶意，但言多必失，聊着聊着，一个不小心就聊到了不可说的禁忌。

袁左岸一个激灵，警惕地看了一眼虞凤良。

虞凤良面不改色："当时有车闯红灯，我这腿是见义勇为，为了救一个小孩伤到的。"

老太太感动得热泪盈眶，泣不成声。

袁左岸：……

下午下了暴雨。

雨越下越大，最后连院门前的槐树都被折断了枝条。

袁左岸担忧道："这个天气还能开车吗？"

虞凤良一脸平静地望着远处。

袁左岸怕他又搬出什么歪理，赶紧说："老太太把床铺好了，你能凑合一晚吗？"

虞凤良高傲地点了点头。

晚上八九点钟，两个人被安排在同一个房间里的两张床上。

"那天你听到了吧？"虞凤良问。

漆黑的夜色能够掩盖很多细节，比如袁左岸此刻躲闪的眼神和不自然的面部表情。

"你说的是什么？"

虞凤良很不和善地握紧垂在身侧的手，嗤笑道："袁老师，你装什么装啊？"

装你个大尾巴狼。

袁左岸质问他："你了不起，你清高，那你为什么撒谎？热心助人的小良同学。"

气氛有一瞬间的尴尬，袁左岸有点后悔。

辛辛苦苦几十年，一夜回到解放前。

他现在打开手机的摄像头还来得及吗？

"我没有欺骗外婆的意思，"虞凤良出乎意料地解释道，"我只是不想让她感觉抱歉，毕竟当时的气氛很温馨。"

他顿了一下："当然如果你生气了的话，那我道歉。"

"呃，"他这样说了以后，倒是轮到袁左岸不知所措了，"那倒是不必。"

虞凤良松开手，声音带着几分若有若无的飘忽："我妈没有病，当时我是因为没站稳才摔下去的。"

幸福往往只有一种，不幸却有千百种方式。

袁左岸也不怎么走运，但他和虞凤良相同又不同，好比一块电池的正负两极。

大课间的时候，袁左岸在楼梯间等文沥："我上次托你打听的事你问了吗？"

文沥擦了把额头上冒出来的汗，做贼似的："你初中当'校霸'的事是不是被捅出来了，姓虞的威胁你了？"

袁左岸无奈："没有，你瞎胡说什么呢。"

"那你干吗想替他出头？"文沥松了一口气，"其实用不着的，那小子可不是吃素的。"

带头奚落虞凤良的几个浑小子已经进医院了，据说是因为骚扰外校的一个会跆拳道的学妹，腿都被打折了。

07

虞凤良这段时间像个毫无动静的哑炮。

袁左岸决定履行一下他作为辅导老师的义务，毕竟拿人手短吃人嘴软。

他轻车熟路地进了虞家别墅的大院子，不过与往日不同的是，二楼的阳台那儿趴着个陌生的小孩儿。

袁左岸还没在这儿见过除了许姨和司机以外的人，不免有些意外："小朋友，你是哪位？"

小孩叼着棒棒糖："我是周阳阳，你是来找他的吗？"

这个"他"应该是指虞凤良，袁左岸点头："是，虞凤良在吗？"

周阳阳撇撇嘴，有点熊孩子的劲头了："你不许找他，他是坏人。我要把虞凤良的东西都抢走，车子、房子，还有朋友……"

"所以你是他的朋友吗？"

"不是，"袁左岸扬扬手里的作业本，"我是他的家教老师。"

周阳阳沉默了，小脸皱得像个包子。

三楼的窗户被推开，虞凤良清冷的声音传来："袁左岸，你还要不要上来？"

周阳阳是虞凤良同父异母的弟弟，今年刚好上小学的年纪，跟着他妈妈姓。

不知道虞锦程的脑子是不是被驴踢了，竟然把周阳阳送到虞凤良这里。

周阳阳也不藏了，跺着脚在门口发脾气："你这个让爸爸讨厌的坏人！"

虞凤良冷笑："我让他讨厌，那为什么我姓虞你姓周？"

周阳阳哭着跑了。

虞凤良却没有什么胜利的喜悦，脸色更难看了。

许姨的烧菜手艺一绝。

但虞凤良小猫儿点大的食量，半个小时过去了，碗里的米饭还没有下去多少。

袁左岸看不下去了："多吃点，你要成仙啊？"

"吃多了不消化，我一个残疾人好意思给别人添麻烦吗？"

这话听着莫名的耳熟。

袁左岸想反驳但没张开嘴，愣了半晌："你瘦得锁骨都能养鱼了，能添什么麻烦。"

晚饭后，袁左岸从卫生间里洗漱完出来。

两个人又不消停地吵起来了。

周阳阳乱吼乱叫的，听不清在骂些什么。

虞凤良的话听着倒是字正腔圆："你脑子看起来也不大，怎么就能装进那么多水呢？"

袁左岸没忍住，扑哧一下笑出了声。

虞凤良闻声后抬头向上看，袁左岸俯身趴在栏杆上，眼睛亮晶晶的。

虞凤良和袁左岸在洗澡的问题上产生了分歧。

袁左岸拿着浴巾："你在抗拒什么，我只是想把你推进去。"

他说得很有道理，表现得也很乐于助人，但虞凤良还是毫不留情地拒绝了他。

袁左岸在此刻想起了钱校长和他说过的话，还有虞凤良曾经写过的那篇"李广难封"的文章。

虞凤良从浴室里出来的时候，除了微微沾湿的裤脚，整个人看起来远比袁左岸想象的要好得多。

看来平时洗漱多半也是不假他人之手——什么麻烦别人，他这人压根就不会让人帮。

这人真犟，和驴一样的臭脾气。

袁左岸："我觉得你也有严重的性格缺陷，你要不要自我反省一下？"

虞凤良："现代人谁还没点心理疾病，你没有吗？烂好人、冲动易怒、一根筋的七中一霸？"

袁左岸表情一滞："你调查我了？"

虞凤良薄薄的嘴唇抿成一条线："少血口喷人，你自己说梦话的时候揭的老底。"

笨蛋。虞凤良想。

袁左岸把吹风机开到最大挡，借机掩饰恼人的尴尬。

08

房门被咚咚地敲响。

许姨一脸慌张地推门跑进来——周阳阳不见了。

她翻遍了整个别墅之后，在投放报纸的邮箱里发现了一封绑票信。

袁左岸认真看了一遍那不知所云的信，得出结论："我还是觉得他是赌气离家出走了。"

司机和许姨都出去找了，虞凤良破天荒地给虞锦程打了个电话，但没人接。

意料之中的无人应答。

他从来都不是什么负责任的父亲，虞凤良冷笑，能指望上他才有鬼了。

虞凤良问："现在还能叫到出租吗？"

袁左岸惊讶："你知道他在哪儿？"

"当然不知道，我是神仙吗，能掐会算？"

周阳阳没被接回虞家时，住在城郊的巷子楼里。

虞凤良以前跟踪虞锦程来过这儿一次。

那个咿咿呀呀的奶娃娃和又一张陌生的漂亮女人的脸，彻底打破了他对"父亲"这两个字的期待。

旧城区的楼房建得十分密集，窄小的通道甚至驶不进车。

袁左岸付了钱，小心翼翼地扶着虞凤良下车："你能行吗？小心点，我总觉得……"

虞凤良下意识地抬手挡了下飘进伞里的冰凉凉的雨滴："我是习惯坐轮椅，不是不能动，因为一瘸一拐地走路很丑。"

小巷里的电路都裸露在外面，稍一抬头能看见半空中纵横交错的电线。

"这得找到什么时候？"袁左岸看着他湿透的鞋袜皱眉，提高音量喊了声，"周阳阳！"

虞凤良马上制止他："你越找他，他越躲得起劲儿，别喊了。"

袁左岸的半个身子都湿了，虞凤良目不斜视地推了下伞柄："你往边上移移，挡我看路了。"

袁左岸把伞柄塞进他手里，拉着虞凤良的手往前走了一小步，半蹲下来："上来，我背你。"

这样的确是更有效率些，淋的雨也少了许多。

袁左岸一步一步走得很稳，脚踩进水洼，溅起一朵朵的水花。

"虞凤良，你哪里有不舒服吗？"

"没有，我好得很。"

万幸周阳阳还是被找到了。

这一大段的水路也没白走。

他蹲在便利店对面的一栋楼下的车棚旁边，蜷缩着身体，像只可怜的流浪狗。

虞凤良让袁左岸在一处房檐下等他，自己打着伞慢慢地挪过去。

周阳阳是个很敏锐的小孩，一听见动静后便警惕地往后缩了下，看清是熟人时，顿时松了口气。

"怎么是你来找我？

"我明明已经布下障眼法了……你怎么来得这么快？"

"你用的是客厅里的打印机。"

周阳阳有点泄气，懊恼地"哦"了一声。

"这里不是我的家了，"他委屈道，"都是不认识的人，我不敢进去。"

虞凤良沉默半晌，淡淡地开口道："我也没有家，只有一个房子，如果你愿意的话，可以分你一半。"

天色已晚，加上路上湿滑，他们已经叫不到车了。

虞凤良打了电话让司机来接。

袁左岸在便利店买了把小伞扔给周阳阳，然后脱下外套，将没湿的那一部分搭在虞凤良腿上，让他靠着自己。

回去的路上虞凤良就发起了烧，脸色煞白得像是上了层妆。

袁左岸给他擦了擦额头上沁出来的冷汗，连忙让司机掉头去了医院。

周阳阳站在急诊室门外一边发抖，一边掉眼泪，看样子被吓得不轻。

他拉了一下袁左岸的袖口，小声地用气音问："哥哥会死吗？"

袁左岸摸了摸他潮湿的发顶："当然不会。"

收到消息的第二天，虞锦棠就急忙从外地赶过来了。那会儿虞凤良刚好睡着，他病得不是特别严重，只是普通的受寒加上细菌感染，但是他体质太弱，一直半梦半醒的，烧退不下去。

袁左岸整整陪了虞凤良两天。他对待病人极有耐心，虞凤良的谵妄也安稳地度过了。

虞凤良清醒后的第一句话是问袁左岸："今天几号了？"

"十一月五号。"

"十一月五号。"虞凤良重复了一遍，他的嗓子喝过水之后舒服了许多，"你怎么还不走？明天不是有比赛吗？"

袁左岸笑道："这你都知道？"

虞凤良捧着小水壶："我什么不知道？"

袁左岸最后还是去参加比赛了，为此虞凤良又用掉了一个宝贵的耳光。

袁左岸回来的时候虞凤良已经出院了。

他讨厌医院里那股透着腐烂气息的消毒水味儿。

这些日子阴雨连绵，到处都潮湿一片，虞凤良屋里的温度被调得很高，但他盖着毯子却还止不住地咳嗽。

袁左岸端了碗梨汤进来，他用勺子搅了几下放到虞凤良手边："温的，我放了一点冰糖。"

虞凤良的腿隐隐地疼，但这种程度的疼痛他早就习惯了。

袁左岸坐下，伸手不轻不重地按揉着他的膝盖。

"大善人，你对谁都这么好吗？"

袁左岸知道他不舒服，心情也糟，这才又像刺猬一样炸毛："我初中的时候的确很浑的，那段日子他们都不管我，把我像踢皮球似的踢来踢去，我就想着，我要报复他们。"

这个"他们"自然是指袁左岸那对形同陌路的父母。

"后来有一次班主任请家长，不知道怎么找到老太太那里去了，她那时候还住在老家，我们也已经很久没有见过面了。

"那天太阳很烈，她一家网吧一家网吧地找我，站到我面前的时候，她的衣服已经被汗湿透了。从那天起，我就知道我不能再那样下去了。"

虞凤良沉默片刻，扭开脸："我和你不一样，我没有一个这样的外婆。"

没有一个人，会在这水深火热中，救我于深海。

袁左岸好奇："你有姑姑啊，为什么总是拒绝她对你的好。"

"以前我母亲在的时候，她和虞锦棠关系特别好。虞锦棠不遗余力地帮助我们，哪怕是站在虞家的对立面，后来母亲死了我才明白，她不仅是母亲的挚友，更是虞锦程的妹妹。

"袁左岸，你知道吗？死人是永远争不过活人的，因为人要向前看，'她毕竟是死了'。"

虞凤良陷入了一个逻辑不通的怪圈，与其说他不屑接受虞锦棠的好，倒不如说他不敢。

他害怕失去，更害怕失望。

索性从一开始就不抱有期待。

"虞锦程是你父亲，你们之间是比兄妹关系还要亲近的父子关系，但你不是一样没有忘记妈妈吗？你这样想虞阿姨，对她来说也是不公平的。

"死人是争不过活人，但虞凤良，你是活着的呀。"

你还活着。

09

虞凤良要去国外接受治疗了。

虞锦棠在那里给他安排好了一切，包括舒适的疗养环境和顶尖的医疗团队。

袁左岸和周阳阳来机场送他。

周阳阳哭得鼻涕一把泪一把，信誓旦旦地向他承诺："哥哥你放心，我一定好好努力，将来把虞家收购。"

虞凤良揶揄："哟，你舍得？"

"怎么不舍得，我又不姓虞！"

……

登机前，袁左岸拥抱了虞凤良。

虞凤良很不讲理地和他说："你还欠我一个耳光，我要用掉最后一个愿望。"

"你要等着我回来。"

袁左岸笑了，点头道："那你什么时候回来？我们抓的娃娃还没来得及兑换。"

虞凤良咬着后牙："治不好就回来，治好就不回来了。"

"那我希望你能好。"

虞凤良的眼尾红红的，这不是他想听的话。

袁左岸轻轻握住他的手，他的掌心温暖干燥。

"天大地大，随你去哪儿。"

End

MAI · MANG DE ZHEN · JIAN

YEXING

纯朴坚韧异域少年

Vs 温柔敏感生物学教授

(YEXING)

Qiang

野性
迁移

文/麦克黑

风里传来轻快的声音，那是只属于我们的暗语。

QIANYI

(野性 迁移)

Yexingqianyi

文/麦克黑

人称麦子，喜食大米，性情温顺。

01

海上风平浪静，一艘从国境线南边回来的考察船正在海上航行。

船舱里，言语正在整理这一周的野外考察心得，忽然听见一声爆响，紧接着是嘈杂的叫声。有个考察队员怒气冲冲地来捶他的门："言语！管管你的那个哑巴野人！"

言语皱起眉头"啧"了一声，打开门，也不看门外站着的人，往声音的源头走去。

他轻车熟路地走到餐厅里，里面站着几个如临大敌的船员和考察队队员，地面一片狼藉，装红酒的酒桶倒在地上，酒水泼溅，还有些食物和餐具被扣在地上。言语目光一扫，没看见造成这糟糕局面的罪魁祸首，便喊了一声："乌落？你在哪儿呢？"

半晌，角落里传来一声闷闷的"在这里"。

"你怎么又跑这儿来了？"

"我，饿。"

船员和队员们看着言语，又露出了怪异的表情。他们听不懂另一个人的回复，只能听到无意义的怪异音节，言语的行为在他们眼里与自言自语无异。

言语也懒得跟他们解释，把如临大敌的人都撵走，关上餐厅的门说："你先出来。"

角落里木桶作响，一个小麦肤色、黑色长发的少年警惕地从酒桶后面站出来。他很高，有一双琥珀般的浅色眸子，眉骨高，眼窝深，五官十分漂亮，很有几分混血的精致，显出一种独特的野性气息，却也让他绷紧面容的时候，看上去格外冷漠和不好相处。

少年的头发乱糟糟的，他没有靠近言语，而是站在角落里，也不说话，只不安地扯着衣角。他身上套的是言语最宽大的一件衣服，但少年穿起来仍旧很紧，显得别扭。

他这个表现已经很好了。天知道刚上船的时候，他有多抗拒往身上穿衣服。

言语看看满地的酒水、塑料餐盘、断了一半的餐桌，简直能从中看到其他人黑沉沉的脸色。这两天他净跟考察队的人吵架了，饶是他再能吵，也是会累的，于是开口就数落道："我说过，饿了就来找我，不要下来偷吃……"

少年低着头，小心翼翼地撩起眼皮，自下而上地看了言语一眼。

他本就生得一副好相貌，收敛起拒人千里的气场时，这种相貌简直是一种武器。从言语的角度看过去，少年睫毛浓长，眉眼挑起来一点柔软的弧度，眼神里的警惕和焦躁都不见了，取而代之的是一些亲近和委屈。这让一向牙尖嘴利的言教授卡了壳，想说的话全忘了个干净。

他挠挠头，叹口气说："算了，反正船也要靠岸了，之后你不准再乱跑了，好吧？"

少年点一下头。

言语送他回屋，往他怀里塞满了零食，然后回到餐厅，认命地挽起袖子。餐厅里已经有一些人在打扫，考察队的人看见他，神色各异，之前来叫言语的人冷哼一声："你还知道回来。"

言语冷冷一笑："我是文明人，当然知道要来打扫，也不知道是谁那么没礼貌，开口就说别人是野人。"

那人横眉一竖，正要说什么，领队连忙把他俩分开，低声劝自己的队员："马上就靠岸了，你招惹他做什么，你还不知道他是什么德行吗？"

言语是Ａ大最年轻的生物学教授，相貌出挑，学术成就出众，按理说应该极受大家欢迎，奈何他长了张嘴。有人说他自大狂妄、神神道道，逢人就说自己能听到别人听不到的话语；有人说他不好接近、刻薄孤僻，一张嘴能把死人气活。久而久之，人们都疏远他，他也不和人过多交往。

言语的人际关系惨不忍睹，但并不影响他的专业素养碾压众人。无论多么困难的考察任务，只要有他参与，就能带回一些珍贵独特的样本，相关领域的人对他是又爱又恨。

队员瞪了言语一眼，去别的地方干活了。

言语也懒得跟他吵架，拿了把拖把开始拖地。

这次的任务，他和考察队前往了国境线最南端的不知名岛屿。经过大半个月的探索，他果然不负众望地带回了珍贵的生物样本——那是一个人。

02

早在一个月前，有关部门就已经检测到这座岛屿上有人类生活的痕迹。由于岛屿一带靠近赤道，是雨林气候，潮湿而闷热，天气多变，植被茂盛，地形复杂，还有野兽出没，考察进展得很不顺利，先遣考察队铩羽而归。

考察队的上级组织便邀请了言语，希望能展开一次合作，言语同意了。

因为他声名在外，考察队里的人对言语都是敬而远之的态度，言语平日也不参与考察队的谈话，独来独往，休息时也只是一个人坐在营火旁。

深入雨林后，他们的电子设备都失去了信号。走得越深，言语越能感觉有什么东西在跟着他们。言语提醒过队员们几次，但大家每次都毫无发现，次数一多，加上传言留给他们的负面印象，队员们就对言语有了些不耐烦。

见他们不信，言语也不想多费口舌，于是就不提这件事了。

第十日傍晚在岛屿上驻扎时，考察队里的人在分发物资，分到言语时，言语正在篝火旁整理地图和资料。他心不在焉地抓了几颗糖，随手放进腰间的包里，忽然听见风浪之中有一个悠长的低音回荡。那声音有韵脚，有情绪，像虎啸，又像鲸歌，带着种急切，夹杂着语义："下雨，快要。"

他立刻起身往声音的来处走了几步，在营地的边缘自顾自地出神，直到有人注意到他这莫名其妙的行为，出言提醒道："教授？"

言语抬手做了个噤声的手势，轻声说："听。"

歌声阵阵回荡，考察队的人停下动作，却面面相觑。其中一个问："言教授，你让我们听什么？猿猴的吼叫吗？"

言语下意识说："你们听不懂吗？有人在说要下雨了……"

他们纷纷摇头。

言语蹙了一下眉。人们看着他，小声地议论了两句，嘀咕些"又来了""神经兮兮"之类的话。他们的声音压得很低，但言语仍旧听得一清二楚。

这种话言语听得太多，仍是会感到不适。他冷笑一声，反唇相讥："也不怪你们，没见识的人确实会否认自己无法理解的东西。"

当即就有暴脾气的队员站了起来："你怎么说话的？"

领队皱着眉头站了起来，拦住队员，看向言语："不要吵架！"

那个声音停止了。言语不再多言，回到营地里，自顾自地收拾东西。

领队正劝着自己的队员，天际忽然紫光一闪，暴雨骤然泼落，如天河水倒倾。

天地间只有雨声，眼前更是白茫茫的一片，脚下土地刹那化为泥沼，人的呼喊声被掐成细细的一线，根本听不清。领队呼喝着，叫队伍迅速往更高处撤离，而那声音更近了，急促更甚之前，言语听出了其中夹杂的话语："水，淹上来，跑！"

场面一时间兵荒马乱，言语落在撤退的队伍最后，听见这话时一个不留神，在爬坡时绊了一跤，重心不稳，直接从斜坡上摔了下去。

泥泞和污水裹着他，言语一路翻滚着摔进了山谷里，头晕眼花，什么也抓不住，而后重重落进了暴涨的河流——

有那么一段时间，他被激流裹挟着，几乎以为自己昏迷了过去，耳畔只有涌动的水声。或许是几秒，或许是一分钟，有什么东西在他后腰重重一抓，言语骤然被拔出了水面，嘈杂的雨声炸响在耳畔，他立马倒抽一口气，蜷缩成一团，双手胡乱抓摸着，眼前漆黑，不停地咳着水。

好半天，他才恢复了神志。防护服结实得很，万幸他没有受伤，却仍是半天才缓过来，头晕眼花地向周围看。

这显然不是他掉队的那个地方了。他湿淋淋地趴在河岸上，身边有一个黑色的影子。

言语一惊，猛然抬起身。漆黑的影子被他的动作惊动，也骤然退开几步，目光一转，看向了言语。

有半分钟的时间，他们只是在相互观察，没有人出声，也没有人移动，只有暴雨如注。

终于言语开口问："是你救了我？"

那身影不说话。

他蹲在言语身边不远，是个身姿修长的少年人，窄腰长腿，只围了件兽皮裙，肌肉线条流畅，漆黑的长发湿淋淋地搭在后背，露出狭长的眼和锋利的眉，目光雪亮，像是能割伤皮肤。他的指甲尖锐，蹲在地上的姿态，与其说是人类，反倒更像是某种大型猫科动物。

少年默不作声地看他，言语则看了看他的手。这少年恐怕就是把自己从河里捞出来的人，言语毫不怀疑如果他想对自己出手，自己撑不过三秒。

言语慢慢地伸手摸向自己的腰包。少年一开始没有注意，发现了他的小动作后，立刻警觉地抬起了上半身，神情紧绷，露出犬牙，喉咙里发出猛兽似的声音，是十足的警告姿态。言语动作一顿，少年趁机猛一挥手，一把将言语的手打开。

他的力量很大，言语被打得手生疼，腰包也被打飞了，啪地落在水坑里，里面的东西撒了一地。有几个圆滚滚的糖滚到了少年的脚边，少年飞快地跳开，伏低了身子，紧紧盯着那东西。

糖纸被雨水冲湿，甜味蔓延开。少年嗅了嗅，露出一点怔然的神情，脸上的凶恶也稍微松动，抬头看了言语一眼。

言语一直在观察他，此刻忽然觉得这少年似乎认识糖，试探说："那是糖，可以吃，是甜的，要把外面的包装纸拆开。"

少年对他的话显然有反应，低头伸手拨了拨那东西。湿漉漉的糖纸被剥开，他看见了里面雪白的硬糖。

他低着头，水珠细密地挂在他的眼睫上，簌簌而落，把他凌厉的轮廓软化了一些，神情显出点不起眼的怅惘。他犹豫了片刻，默不作声地捡起了糖，含进了嘴里。

糖块入口，少年从趴伏的姿态改为跪坐，看起来放松了一点。言语确定他可以交流，也放松了些，但仍旧没敢靠近，只是问："你能听懂我说话吗？能的话，就点一下头。"

少年犹豫片刻，点了点头。

言语谨慎地评估着他的反应，继续说："你别害怕，我不会伤害你。"

言语此人，无论是长相还是声音，都称得上柔软，更有一双毫无攻击性的圆眼，好好说话的时候，非常具有欺骗性。此刻他坐在雨里轻声细语地说话，全身湿漉漉的，神情平和，像只漂亮而无害的鹿。

少年看着他，又点一下头。

气氛缓和下来，言语正思考着再问点什么，然而不等开口，少年忽然警觉地抬起头，言语顺着他的目光一望，发现一株细树在河心处被摧折，枝叶眨眼消失在漩涡中。

言语的目光向周围一扫，心中一沉——这里地势很低，恐怕不久就要被淹了。卫星电话没有信号，他联系不上考察队。

少年已经扭身向更高处跑，言语喊他一声："你去哪儿？"少年充耳不闻，言语飞快地看了眼周围的环境，一咬牙跟了上去——暴雨中的雨林处处是危险，他急需一个安全的避雨地，这个少年看起来很熟悉雨林环境，肯定是有地方住的。无论如何这个少年都救了自己，跟上他总比留在这里要安全。

少年却并不想被他跟着，骤然回身，龇牙低吼："外来者，滚！"

言语急忙将双手举过头顶，迅速解释："我知道我们作为外来者打扰了你们——"

少年愣了一下，双眼微微睁大。他不敢置信般看着言语，试探着问："你，听懂？"

他说话的语序和用词有异于常人，但意思还算清楚。

言语不仅听得懂，还认出来这是之前通知他们要下雨了的声音。他急忙点头，一时顾不得其他："但我现在联系不上其他人，又没有雨林生存的经验，我需要你的帮助，我保证只要雨停我立刻就走，我只需要一个可以安全躲雨的地方。"

少年犹豫了片刻，又确认道："听得懂？我，不骗？"

若是被普通人这么反问"你是不是在骗我"，言语早就反唇相讥，但此刻少年的声音和情态不是在怀疑言语，而更像是……在期待。

言语给出肯定的答复："下雨之前，我听见你提醒我们了。"

少年认认真真地看着言语，最后不知是什么打动了他，他抓住了言语的手腕，带着他往前跑。雨水拍在脸上，言语什么也看不清，气喘吁吁地跟着少年，肺都要跑炸了。少年七绕八拐地在雨林里穿梭了一阵，终于停了下来，言语已经转晕了。

言语抹了一把脸，定睛看去。

粗木扎起的围栏连绵进森林深处，圈出一处粗犷的空地，中央有一处火塘，远处茅屋成片，倚树而建——眼前竟是一处原始的聚居地。

言语愣在原地，随后有些兴奋——这可是一整个原始生态的部落！多有研究价值的发现！他伸长了脖子往那边望，少年却没有让他多看的意思，推着他往屋里进。

那片茅屋已经足够粗陋，眼前的"房子"更是不堪，与树洞几乎没有差别，顶多是打了个顶，"门"是块长满青苔的木板。言语弯腰进去，里面漆黑而狭窄，甚至有一点漏雨，言语勉强能站直，而少年起来就会撞到头。

雨一直下着，"树洞"内狭窄漆黑，两个大男人手脚都摆不开，

拘束地各坐一个屋角。言语奔波许久，总算能坐下，全身都泛酸，掐着大腿强打精神往茅屋那边看。

这里离聚居地太远了，言语再好的视力也看不清那边的情况，只能开口问："那边是……你的族群聚居地？"

少年不太情愿地点了下头。

从少年的表现来看，这个部落的危险性或许不大，无法近距离接触让言语有些遗憾，觉得是少年还对他抱有警惕，不愿带他去聚居地里，只在外围找了个地方让他暂躲。不过言语已经很满足了，冲他笑一笑，说："多谢了。"

少年犹豫了一下，磕磕绊绊说："不，不客气。"

言语一愣——这种现代的礼貌用语被他说出来，充满了违和感，更关键的是，他是从哪里学到的？

他想问几句，但身体和大脑都昏昏沉沉的，大雨的白噪声里，一天的疲惫漫过头顶。他挣扎着，问道："我叫言语，还不知道你的名字……"

在思维滑进深沉的黑暗之前，他得到了回应——"乌落。"

04

言语是被一阵狮群般的咆哮声惊醒的。他猛地跳了起来，结果重重地撞了一下头，疼得龇牙咧嘴地抱头四看，少年不在，门口半掩着，声音就是从门外传来的。

言语没有贸然出去，而是在门口谨慎地窥视。

已是第二日清晨，雨势小了些，但没有停。门外少年背对着言语，全身紧绷，哪怕只有个背影，言语也能看出他的紧张。

而在他的对面——

言语瞪大了双眼。

如果说少年只是个有些野化的人，那么他对面那些人只能在被称为人类的边缘徘徊了：他们身高至少有两米，肌肉虬结，犬牙锋锐，浑身生着浓密的黑毛，连脸都看不清，像是一大群黑猩猩，正对着少年发出一阵阵不满的号叫。

大汉们开口说话，低音擂鼓似的震着言语的耳膜。这些人能正常说话，但话音走形得厉害，言语只是勉强能听懂几个关键词。

"外来者，讨厌，赶走！"

"哑巴，让开！"

话语里的野蛮和轻蔑宛如有实质般地拍在少年的脸上。少年扬起头颅，胸腔里翻滚着闷闷的威胁声。

他们显然在对峙，少年表情森冷，伏低着身子蓄势待发。有几个大汉已经森然抓起了长矛，矛上还卡着野兽的头骨。眼看一场争斗一触即发，言语忽然有一种感觉：不能让他们打起来——那会造成无可挽回的后果。

他猛地一推门，喊了一声："乌落！"

少年下意识地回头看他。

那些人也齐刷刷地看向了言语，声浪随之一静。

开门的瞬间，混杂在雨水里的血腥气味扑面而来。他们打量着言语，眼中毫无感情，像猛虎在评估眼前的猎物。

言语久居文明都市，突然直面原始的野蛮人，饶是他胆子再大，也一时手脚冰冷、头皮发麻，他深深吸了一口气："诸位大哥，我这就走，你们不要为难乌落——"

下一刻破空声尖锐地响在耳边，长矛的粗糙石尖直插言语的眉心，言语瞳孔紧缩，眼看就要血溅当场，乌落猛一扭身，抓住了长矛的柄，甩手把它扔飞出去，然后挡在言语身前，发出威胁的低吼。

言语后背霎时湿了一层。在这一刻他忽然深刻地意识到：他面对的是一个原始部落，这些人不讲道理、不分善恶，只认丛林法则。

乌落对外来者的庇护让周围的人愤怒地号叫起来，他们捶胸跺脚，声浪一波高过一波，地面都在颤抖。他们对争斗有着异乎寻常的兴趣，整个部落都在吼叫。

"哑巴，叛徒！敌人！"

"弱者，赶走！"

声浪翻滚，如同一场海啸，言语看着少年在海啸的巨墙下站着，正微不可察地颤抖。

言语意识到，乌落在害怕。与这些黑壮的阴影相比，少年的背影单薄得像是一片纸，言语看着，有些恍惚——他仿佛看见了年幼的自己。

排挤的暴行在崇尚丛林法则的部落里更加赤裸直接，这些人显然早就看乌落不顺眼。

言语忽然感受到难以遏制的愤怒。这股火顶进了大脑，把言语的恐惧都烧尽，他缓缓打量围着他们的每一个人，然后伸手扣住了乌落。

乌落已经摆好攻击的姿势，却忽然感觉到手腕上有微凉触感传来。他一怔，扭头看，言语紧紧握着他的手腕，缓缓摇头："乌落，不要和他们打，会受伤的，不值得。看到西边那个缺口了吗？我们从那里跑。"

乌落无声地看他片刻，反手抓住言语的手，突然撞开一个人，拉着言语往外跑。

部落的人霎时追上去，但因为下雨山路泥泞，追了一段就放弃了。只有声音遥遥地追上来，阴魂不散地往两人的耳朵里钻："哑巴，叛徒，滚！"

05

仿佛昨夜重现，乌落拉着言语跑了很远，直到停在一棵树下。

言语喘着气抹开雨水抬头看,发现了一间树屋。乌落已经爬了上去,在门口看了看言语。

言语也爬进去。他瘫在地上,累得说不出话,乌落在他旁边坐着,也不说话。

言语终于喘匀了气,问:"他们就这么对你吗?没人管?你的爸爸妈妈呢?"

乌落说:"爸爸妈妈,没有。"

言语一愣,道了声"对不起"。

"有,以前,"乌落抿了抿嘴,又说,"我来这里,没有。"

言语思考了半天,才从这几个字里拼出他想表达的意思:"你是想说,你以前有爸妈……你以前不是这里的人?"

乌落说:"衣服长相,像你们。妈妈,给我糖。"

"你爸爸妈妈的衣服和我们的一样?长得也像我们?"言语猛然坐了起来,"你……你不是部落的原住民?"

乌落低下头,半晌犹豫着摇了摇头:"不记得。"

言语又问了几句,但乌落想不起更多了。言语通过这些信息猜测——乌落可能是现代人,只是因为某种原因流落到了这个荒岛,又被部落收养。那时的他应该年龄不大,但已经过了牙牙学语的年纪,因为他的用词显然有现代文明的痕迹。

"我会说话,以前,能被听懂,"乌落慢慢措辞,他一定学过正常的说话语序,只是太久不使用,变得生硬,"后来,听不懂,他们说,我哑巴。你听懂,第一个。"

他开始磕磕绊绊地向言语叙述自己的过往。

在这里,乌落格格不入。他也是个"外来者",而且显然比原住民体格更弱,又因为只能发出怪异的音调,受尽了歧视。那个树洞就是他的家,这个树屋是他自己搭建起来的,受了委屈的时候,他会来这里坐上一天。

他太孤独了，很想和谁说说话，可他连正常遣词造句的能力都快要失去了。当部落以外的人——考察队出现在他的视野里时，他立刻悄悄地跟了过去，不敢靠近，也不愿远离，像是在追逐一个幼年时的幻影。如果不是言语有所察觉，又遇了险，乌落不会现身。

这么多年，乌落终于有了听众，说了很多话，此刻有些轻松，又有些怅然若失，目光望着遥远的部落的方向，说："以后，怎么办？"

部落已经不要他了。

言语坐在他身边，听得心情沉重，下意识伸手摸了摸他的头发，像是安抚猫一样。

乌落讲了很久，雨已经停了，厚重的云层正在消散。

言语一直没有放弃与外界联络，此时卫星电话"嘀"了一声，领队焦急的声音从中传来："言教授，听得到吗？听到请回话，我们现在的坐标是……"

卫星电话通了——他联系上了考察队。

他望着天际的光，脑子里有一个念头在盘旋。他看了一眼乌落，乌落也在看他，眸子如水洗过一般澄澈。

"其实，你也是第一个，"言语看着乌落的眼睛，郑重地说，"第一个让我确认，我真的能听见别人听不懂的话的人。"

"在我的人生里，所有人都告诉我，那些只有我听得见的话语，只是我自己的幻觉。"

乌落一直安静地看着他。

"我虽然一直都坚信我是特殊的，所以才不被庸人理解，但有时也会忍不住怀疑自己。你的出现，才让我能肯定自己确实是独一无二的。"言语轻咳一声，"我的意思是……乌落。"

他不想把乌落留在这里。乌落已经没有自己的族群了……不，准确地说，他从来没有属于过这里。言教授自认为自己不是同情心泛滥的大好人，但也做不到看着一个救过自己命的少年被野蛮地对待而不闻不问。

更何况，乌落的存在能给社会学和生物学提供很好的研究样本，在这个领域，言语有信心说服任何阻拦他的人。

言语向乌落伸出了手："跟我走吧。"

阳光穿透了云层照在树冠，从言语柔软的黑发上滑落，碎光洒了满手。

乌落抬起眼睛，阳光如丝绸般垂落在他脸上，少年脸上一层柔软的绒毛清晰可见，那双色泽清浅的眸子像是两颗流光溢彩的琥珀。他看着言语，有一点犹豫，又低头看自己的手。

言语保持着伸手的姿势："乌落，你不属于这里。跟我走，我会让你过上更好的生活，相信我。"

片刻后，乌落点了一下头，将手放在了言语的掌心。

他们手掌交握之处，一轮朝日正自东边升起。

06

虽然这个样本足够珍稀，在岛屿上发现原始部落的消息也足够惊人，但是申请的流程非常烦琐。言语归队后，跟考察队的人据理力争了半个小时，全员说他不过，最后领队只能放狠话："言教授，你是不是觉得自己很了不起？你只是在自我满足，觉得自己救了一个人而沾沾自喜！你没有能力对他的未来负责，根本就是在害他，你太自大了！"

言语不在乎他人怎么看自己，也不想和什么都不了解的人多言。他用卫星电话跟上级领导磨了一个小时，反复强调他猜测的乌落"流落荒岛的现代文明人"的身份，甚至专门挑着能直击领导内心的各种未来的论文和奖项来做承诺。

一开始上级不同意，但后来考察队在岛屿的另一端发现了多年前失事飞机的残骸，言语这才听闻生命科学院的高层松口，允许他以生物研究的名义带回乌落，之后会安排专门的研究部门接管他。

船只在港口停靠，乌落接触现代生活的第一步就遭遇了巨大的阻碍。乌落在丛林长大，幼年的记忆已经模糊不清，可以说是第一次见识这样的现代化都市——眼前是宽阔的大道，各种嘈杂的声响灌耳而来，高楼遮天，汽车鸣着喇叭飞速闪过，乌落的目光不知先看什么好，他既惊奇又畏惧，根本不肯迈腿。

他在船上就已经表现出焦躁不安，上岸后情况更严重，很困难地克制自己的攻击性。言语精疲力竭地将他带到专门的研究所时，乌落的状态已经如同惊弓之鸟，紧紧抓着言语的手不放。言语安抚了好久，他才终于从紧张的状态里出来，听从言语的指示在不远处坐下。

言语因为听觉特殊，和研究所的医生虽然不熟，但早就认识。他与医生交接的时候，医生顺口感慨说："他这样的反应，离开你后恐怕要把研究所搞得鸡飞狗跳。"

乌落捕捉到关键词，警觉地抬起头："你要走？"

言语看他的神情，有点不忍心，好半天才囫囵点了点头。

乌落茫然地说："我，留在这儿？一个人？"

"听我说，乌落，"言语走回他身边，蹲在他面前握住他的手腕，"这里是现代社会，你已经从雨林里出来了——你明白我的意思吗？这里是专业机构，不会有人害你的，等你融入现代社会，你随时可以来找我。"

言语确实不忍心丢下他，但乌落必须先在研究所这种专门的机构里接受一段时间的研究和训练。专业的组织总比言语一个人瞎折腾要好，这也是当初上级同意言语带回乌落的硬性要求之一。而且，他这次出来考察耽误太久，本职工作那边落下了许多，必须先回去处理，没办法两边兼顾。

但是他这样和乌落解释，乌落只是一知半解。少年紧紧地盯着他，薄唇抿了一下，似乎想说什么，但最后什么也没说。

言语迎着乌落的目光，最后只能苍白无力地说："我是为你好，相信我，乌落。"

乌落最终点了头。

离开前，言语买了一大包糖，有些生硬地塞给了研究人员。

"如果他情绪不太稳定的话，这个应该会有用……"他想了想，还是郑重地说道，"辛苦你们了。"

回到学校后言语脚不沾地地忙了三日，第四日，他接到了研究所的电话，让他速去一趟。

言语去了，医生顶着两个大黑眼圈，见面先松一口气，握住他的手用力摇了摇："你可算来了！"

言语心中有不好的预感："他怎么了？"

医生叹气，带他去检查室。

屋内传来响动，是大呼小叫声，桌椅倾倒的响声和大型动物压抑在胸腔里般的闷吼。言语推开门走进去，看见病床已经被掀翻，医护人员缩在一角束手无策，乌落站在他们的斜对角处，凶神恶煞地看着他们，烦躁地用手指挠着地面，吼道："别碰我！"

医生苦笑着摊开手："如你所见，言教授，我们真的只是在做常规检查……这位小朋友实在是太不配合了，他对我们太警惕，很少吃东西，甚至很少睡眠，这样下去不行，我们没办法，才把你叫来。"

言语走到乌落身边蹲下来，尝试着安抚地摸了摸他的后颈："乌

落，是我，你别怕，他们不会伤害你的。"

乌落看见言语，肉眼可见地放松下来，抓着他的衣角，警惕地看着这群"白大褂"。

研究所的医生们哪被病人这么防备过，委屈极了，控诉地看着言语。

言语一个头两个大，跟医生打着商量："他确实是有点应激反应……这样，我们今天先做最重要的检查，别的先放放——乌落，别怕，我陪着你。"

言语的出现让乌落终于平静了些。体检结束，他们回到乌落的房间，乌落往床上一跳，就要蹲坐下来，言语拦住他，坐在床沿："像我这样坐。"

乌落把双腿放下，乖乖地在他身边坐好。

言语向他摊开掌心："伸手。"

乌落撩起眼皮看了看言语，便把手放在了言语掌中。

乌落的手掌宽大，骨节分明，言语握不住，只能让他的五根手指都搭在外面。乌落蜷了一下手指，长指甲在言语手背上擦了一下。

他的指甲要比养尊处优的现代人坚硬，但显然无法匹敌钢铁，野蛮的抓挠让很多指甲都劈开，指甲缝里有凝固的血迹。

言语拿了纱布，蘸了药水，一点一点把他的手指擦干净，而后抓着乌落的手一翻，仔细看了看少年的指甲，自言自语道："要剪掉才行。"

乌落感觉到不妙，就要抽手。

言语把他攥紧了，命令道："听话。"

乌落摇头、扭动、挣扎，非常不配合，虽然很不情愿，但挣扎时他还是小心地收着力道，怕划伤了言语。

言语说："我知道你是想自卫，但这里没有你的敌人。你已经不需要这个了。"

乌落犹豫着："真的？"

言语坚定地点头。

乌落不再挣扎，看着他修剪自己的指甲。

房间外研究所的人看见乌落这么乖巧的一幕，眼珠子都要瞪掉了。

言语费了九牛二虎之力才把他的指甲修剪完，抬起头，看着乌落的脸，发现他瘦了一圈，连日的紧张和恐惧让少年眼下挂着不太明显的青黑。

也不知道研究所的人究竟怎么给乌落安排的膳食，言语忍不住蹙了蹙眉。乌落却误会了他的目光，飞快收了手，窜到了房间的角落里，抱着头，坚决地看着他："头发不行！"

言语哭笑不得："不剪你头发。"

乌落肉眼可见地松了一口气。

言语在身边，乌落紧绷的神经终于放松，很快就蜷在言语旁边睡着了。医生拿着报告来找言语，示意言语出来一趟。

言语在门外听医生一条条分析，左耳进右耳出，走神地看着屋内，用目光在玻璃窗上无意识地描绘阳光落在少年脸上的痕迹，耳畔忽然响起了领队说过的话——"你只是在自我满足"。

言语想，把乌落一个人扔在这里，和把他扔在雨林里有什么区别？

乌落在这个世界上，只认识言语一个人。他不能只是把人带回来，就不再对他负责了。

医生正在做总结："总之，他如果还是这么不配合，我们的行为纠正训练很难继续下去……"

言语回过神来，打断医生："既然这样，我要把他带回家。"

医生有些犹豫。言语继续说："你们也看到了，他离开我之后非常难配合别人，我会管着他，不会让他危害社会。"

　　医生虽然也觉得这是目前最好的办法，但还是公事公办地劝道："我们倒是挺同意的，但是上头应该不会冒这个风险。"

　　"我会写详细申请的，"言语态度很坚定，"一次驳回就写两次，如果一直不同意，我就住研究所里。我不会再丢下他一个人了。"

　　言语说到做到。他跟繁复的申请资料搏斗了整整一周，又跟上级打了几十通的电话，找研究所的人挨个"洗脑"，以至于几个医生看见他就躲着走。最后研究所的人烦他烦得不行，为了赶紧把他赶走，也帮着他说话，上头批了申请下来，虽然还是有很多限制条件，但言语终于得偿所愿，把乌落带回了家。

07

　　言语家中小有资产，父母都不在这座城市，他图清净，在任职的大学外租了房子住。言语终于把乌落带回家后，脱了鞋往沙发上一扑，累得只想就地昏迷。

　　半晌听不见动静，言语扭头看见乌落仍站在门口，茫然地看着他，双手都不知道往哪里放。他在研究所打碎过一切能打碎的东西，现在生怕碰坏了什么，局促得很。

　　言语歪在沙发上向他招招手："来。"

　　乌落走路无声，在他身边坐下。

　　言语心情放松，就看着他笑，笑完了躺倒在沙发上，盯着头顶的灯出神。

　　乌落低头看他，黑发垂落，盖在言语额头上。

　　言语也没管，认真地说："我不会再丢下你了。"

　　乌落眨眨眼睛，言语忽然坐了起来："对了，都忘了跟你说——"

　　青年脸上露出了一个称得上是"张扬"的笑容："乌落，欢迎你来到我的家乡。你会喜欢这里的，我保证。"

然而，言语还是把养乌落这件事想得太过理想化了。

乌落相当难管。

他精力旺盛，又不懂规矩，尽管已经竭力控制，但身上还保留着野性，在应激状态下会对周遭的一切表现出攻击性。前两天还好，但在高楼房间里困久了，他肉眼可见地烦躁起来，常常在客厅里兜着圈子。言语纠正了他很多次，试图让他不要做出这种宛如动物一样的刻板行为，但成效甚微。

言语一方面教他如何像个正常人一样生活，另一方面开始研究乌落的发声规律。他已经向研究所求证过，确定在旁人耳里，乌落是能够发出声音的，只是那声音听起来就是奇异而低沉的音调变化。

所以乌落的问题，应当是构音障碍，但他的相关神经和肌肉并没有任何损伤。言语觉得这是可以纠正的，只要找到原因，就能教他用正常的方式发音。

因为需要大量的研究资料，他经常往研究所跑，反而不怎么回家了。乌落长时间看不见他，有些焦躁，但言语焦头烂额，只能敷衍地安抚他两句，顾不上他太多情绪。

他平日要上课，没办法成天待在家里，每天回家的时候都能发现新的烂摊子。破碎的碗、破掉的沙发、扔了满地的衣服、甩得到处都是的水……

他跟研究所的专业人士要了乌落的训练表，一点一点纠正乌落的习惯：东西要轻拿轻放，瓷器是很脆弱的；筷子是这样握的，不要用拿勺子一样的方式使用它；不要挑食，蔬菜也很好吃；衣服要穿好，不能因为家里没人就脱干净；每个东西用完要放回原位，不能随地一扔……

乌落十分痛苦。

言语也很痛苦。

当时做出"把乌落带回家"这个决定，不可否认有脑袋一热的成分，但言语也确实考虑了他们可能会遇到的困境。只是在小教授充满自信的设想里，只要两个人能够沟通，就没有什么迈不过去的障碍。但是他还是太乐观，当构想的空中楼阁落实在生活的油盐酱醋上时，他才发觉一个人的习惯是多么根深蒂固的东西。

无论乌落是不是流落荒岛的现代人，他已经在那种环境里生活了十多年，那些时光已经将他塑造成型。言语现在要打碎这个人骨血里的一部分，换新文明的血液进去。言语有时候觉得，这也是一种野蛮的掠夺和侵占。

言语性格里骄傲的部分让他不擅长解释，火气上来的时候，说话也不太好听。无可避免地，他们之间爆发了很多争吵。

乌落拒不配合，半是自暴自弃、半是痛苦难过地冲言语嚷："我学不会！我永远，和你们不一样！"

训练毫无效果，言语身心憔悴，开始失眠。他看着天花板，愈发怀疑自己的决定是错误的。他不应该去雨林，不应该跟着乌落走，不应该和他回部落，害他从此无家可归。他也不该把乌落带回来，他和乌落本有各自的人生轨迹，此刻相遇，却只起到摧毁彼此的作用。乌落在这里处处受到约束，也不开心。

他在囚困一个自由的灵魂。

直到这天傍晚，他回家得早，乌落竟然在自己训练——准确来说，是正对着专门定制的发音训练软件发脾气。他没有注意到言语回来，只是在发声，然后听见机器冰冷地不断地报错，眉目间满是不耐。他一只手一直抓着桌上的塑料马克杯，直到机器又一次报错之后，他猛地高举起杯子——

言语疲累得不愿说话，心想，扔吧，反正摔不坏。

然而乌落高举杯子，却忽然停了动作。他保持那个姿势一会儿，慢慢把杯子放回了原位，然后确认它仍旧完好一般，仔细地看了看，松了一口气。随后，少年揉了揉自己的头发，叹了口气，又摇了摇头，舒展了紧蹙的眉头，继续沉浸到了枯燥无味的发声训练中。

言语怔怔地看着他，看了许久。

他在想，他这段时间是不是沉浸在了只有自己付出的感动里，而完全忽略了乌落——其实，乌落也有在努力不是吗？

言语忍不住想起了一部老电影，这部电影讲述了语言学教授教导乡下女孩伊莉莎，让她的行为举止贴近上层贵族的故事。他以前觉得乌落像是语言习惯难以纠正的女主角伊莉莎，现在却觉得自己更像那个目中无人、自大狂傲的普希金教授，完全看不到对方的付出。

"乌落。"言语开口唤道，少年猛地转头，双眼惊喜地亮了亮。

言语在沙发上坐下，冲乌落笑笑："过来。"

乌落乖巧地在他身边坐下，双腿并拢，双手安放在膝头，像在用全身传递出"我很乖"这一信息。

言语失笑，随后组织了一下语言，慢慢说："我之前是不是跟你说过？我能听到常人听不到的声音。"

乌落抬眼看他，无声询问。

"小时候，我因为这个事情，惹了不少麻烦。因为我的同学——就是和我年纪相仿的人——听不到，觉得我是骗他们的，说我是撒谎精。小孩子嘛，总对不合群的人有单纯的恶意。他们告诉大人们，于是大人也觉得我是为了博得关注而说谎成性的孩子。我的父母很忙，没空管我，幼年时唯一一次和我的严肃对话，是告诉我说谎是不好的。"言语轻声说。

总是高昂着头的青年垂下眸子。他生得白净，在人造灯光的映照下，反射出几分瓷器般的脆弱，卸下话语中的尖刺后，又变成了那个无害的、雨中的小动物，看起来很需要保护。他停顿了片刻，接着说道："可我明明是听得到的。"

很多人年少时追求独一无二，但若世间真的只有你一人拥有特殊的能力，不被理解的孤独和斩钉截铁的否定就能轻松杀死少年的所有自信。

他找过心理医生，也吃过所谓的"特效药"，但世间万物的声音仍旧源源不断、如影随形地传进他的耳蜗里。他人的每一句质疑都是尖刺，他不愿意听，却又异常矛盾地总在试图证明自己。被伤的次数太多，所以后来每当遇到别人的误解，他的第一反应就是回击，甚至因此一直非常抗拒对自己的听力做检测——像是生怕自己的幻觉被戳破。

他用攻击性的语言和高高在上的骄傲伪装自己，是为了保护脆弱的内里。

乌落一直不作声地听着，听到这里忽然整个人向前一倾，摸了摸言语的头。

乌落闷闷地说："别怕。我在。"

不要害怕自己是异类，不要怕别人的误解和指责，我在这儿陪着你。

言语想说自己不怕，但一股热气腾地堵住喉头，他没能说出口。他仰着头，看着房顶的吊灯，几乎感到眼中聚集起潮热的湿气，恍惚中他想到了雨林里的雨，和少年挡在自己身前、与整个部落对峙的背影。

他拍了拍乌落的后背，笑了一下，继续说："所以，乌落，我看见你，就像是看见了自己。我不希望你与我经历一样的事情，被人当成异类。我相信你能够真正地融入社会，彻底抛弃过去的痕迹，开始新的生活。这段时间，我一直在忙这方面的事情……我……"

他停顿了一下，斟酌着说："我之前，说话不好听，向你道歉。

我不是有意的，只是有时候忍不住。还有，这段时间，我忽视了你的感受，我太自私了，对不起。"

他很少道歉，因此说得别别扭扭、磕磕绊绊的，但好在是真心忏悔，情感真挚。

乌落摇头说："没关系。"

顿了顿，他又小声说："有关系。我还以为，你又不要我了。"

言语有所了悟："所以你因为害怕被丢下，才一直不配合？"

乌落道："我想，快点学会，可是很难。所以我着急。"

"你已经做得很好了，乌落，我说过，我不会丢下你。"言语安慰道，"别怕，我也在，我们慢慢来。"

乌落点了点头。

"如果我说的什么话伤害到你，你要告诉我，好吗？我们不要再吵架了。"

乌落点头："我哪里做错，你告诉我。我会改正。"

"好，就这么说定了。"

"嗯。"

那天晚上，言语久违地睡了个好觉。

08

这次交谈之后，乌落的训练走上了正轨。他的学习能力很强，文字记忆能力尤其好，短短半个月，就几乎把较为简单的字学完了，每天都废寝忘食地练习。

也正是这次交谈让言语重新正视了自己的内心，他做了几天的心理建设，去找研究所的人，给自己做了一个听觉测试。他想既然从乌落的方向找不到问题，不如反方向找找为什么自己能听到他的声音。

经过不间断的测试，医生发现了他的独特之处："你的耳朵，对几个特定的声音频率非常敏感。"

"虽然人耳能听见的声音频率理论上来说是 20 到 20000 赫兹，但实际上，低频和高频的声音如果没有足够的音量——也就是足够高的分贝——是不容易被听到的。"医生这样解释着，在频率图上指了几段，"而你的耳朵在低频、中频和高频，各有几个敏感区域，你更容易发现这些声音，而且也容易理解这些频率里的信息。"

人说话的声音频率一般在 80 到 1000 赫兹，离开这个范围的"话"，虽然能够被听到，但其中的信息是很难被理解的。简单来说，听得到，听不懂。

言语意识到什么："也就是说……乌落的说话频率，要比这个范围更低？"

"需要采样才能确定，但八九不离十。"

言语忙问："还能纠正吗？"

"他现在在变声后期，声带还在变化……可能需要一些药物辅助，但可以一试。"

多日研究终于有了曙光，言语只恨乌落现在不在自己身边，能让他立马进行采样。

言语回家告诉乌落这个消息，乌落也很高兴。现在乌落的行为已经收敛许多，专员上门做每周的测试时，他的表现几乎与普通人无异。

"言教授，你可以适当带他出去走走，"专员临走时，在门口提议道，"我看他总是在窗边坐着，应该也挺想出门的。"

言语闻言却有些犹豫。他确实最近打好了报告，上级也批准了，但他还没有下定决心——乌落之前的破坏性在他心里留下了很深的印象，他怕出门后出现什么意外。

再等等吧，他想，等乌落再多学些规矩……

他送走了专员，回来时乌落就站在门口，穿戴整齐。

刚刚的话，他显然听到了，此刻带着希冀问："我能出去吗？"

言语欲言又止。他的犹豫让乌落眼里的光慢慢熄了下去，低声说："我明白了。"

言语看着他整个人都蔫了下去，于心不忍，立刻就把谨慎都抛在了脑后："当然能。"

乌落猛然抬头。

"我带你出去。"言语想，乌落这么乖，他难道还能看不住？于是自信满满地向乌落伸出手，"把你带回来之后，还没跟你介绍过这个城市呢。"

乌落露出了笑容，将手掌搭了上去。

09

他们出门的时间是傍晚，夕阳正在西侧的高楼后沉降，身后是满天红霞。

小区的绿化做得很好，清风拂面，带来清新的草木香气，乌落仰着头，眯起眼睛，看什么都看不够。

言语一开始还有点担心他出来后会冲进草丛里撒欢，但乌落只是乖乖地跟着他，最不老实的只有那双四处乱转的眼睛。

言语胆大了些，决定带他去公园。马路上汽车飞驰，乌落已经不会被这些钢铁造物吓到了，言语顺势教他看红绿灯，他一点就懂。

一路上平安无事，言语跟他介绍每一个他可以看见的设施。公园旁就是不息的河流，远处有遛狗的人，沙坑里有孩子在玩耍，笑声隐约传来，一派祥和的景象。

言语滔滔不绝地讲了一路，此刻口干舌燥，带着他在河边坐下，一起看着夕阳下的河流。乌落说："真美。"

橙色的夕阳余晖映照在乌落的眼睫上，粼粼的波光映进他眼

中，像是另一条河流。言语看着他的侧脸，说："是啊。"

他们不再说话，只是这样欣赏着周围的一切。

天色慢慢暗了下来，夜风带来了冷意，言语扭头，对乌落说："我们回——"

不远处忽然有狗吠声传来。言语下意识向声音的来处看去，只见一条大型犬狂叫着直冲沙坑奔来，孩童们尖叫四散，一个扎着羊角辫的小女孩被绊倒在地，眼看着就要被那条狗咬住小腿——

言语的身旁突然空了。

乌落如漆黑的猎豹，向沙坑闪电般扑去，一脚将狗踢飞！

巨大的冲击力让狗在空中几乎对折，落地翻滚了好几圈，似乎受了重伤，怎么也站不起来了，呜呜地痛叫着。乌落挡在小女孩身前，微微伏低了身子，喉咙里翻滚着吼声，似乎想要追击。

"乌落！"

言语心猛地一提，直冲了过去，一把握住乌落的手腕："你——"

乌落突然回头，金眸灿灿，反手就要来抓言语的咽喉。

言语只握着他的手腕，紧紧盯着他的眼睛："是我！"

乌落这才回过神，敛了脸上的凶意，往后退了两步，对言语露出抱歉的神情。

言语用力握了握他的手腕，安慰说："没事了。"

这时女孩的妈妈赶了过来，年轻的妇人一把抱起小女孩，一副惊魂未定的模样。小女孩倒是没哭没闹，睁着一双黑白分明的眼睛，只是瞅着他们二人。

乌落没见过这阵仗，害怕又手足无措地往言语身后躲。言语正要开口，就听见一声怒吼："你干什么打我的狗！"

言语侧头看去，狗主人也赶了过来，正抱着瘫在地上的大狗哀号道："你有病吧！知道我的狗多贵吗？你知道医药费要多少吗？"

言语被他干号得有点烦躁，语气很冲地反驳道："先生，你遛狗不牵绳，狗差点就咬到这位小朋友了，现在还有脸哭？"

"我家狗还没伤到人，倒是被这个神经病打成这样，我是受害人！你和他一起的？有病就快去治，你怎么敢把他放上街的？"

言语冷着脸："你说话放尊重点，现在我全程录音，公园也有监控，我可以告你诽谤。"

"我怕你啊？！"

言语从未见过这么胡搅蛮缠的人，立刻就被气笑了。眼看着他们就要吵起来，乌落忽然轻轻地拉了拉言语的手腕。

言语下意识回头。

乌落或许听不太懂一些侮辱性的词汇，但显然能感受到男人的恶意。但此刻他并没有应激般地对人展露凶性，只是对言语摇头。

言语骤然冷静了下来。他不再搭理那个狗主人，对乌落说："我们回家。"

男人不肯善罢甘休："你这就想走？你——"

警笛声由远及近，一辆警车停在了公园外，随后几个警察向这边走了过来，问道："出什么事了？"

言语看着他们，一头雾水，站在旁边的少妇忙说："是我报的警，是这样的——"

一直不吭声的羊角辫女孩突然一伸手，指着狗的主人，脆生生地说："警察叔叔，就是这个坏人，快把他抓起来！"

10

等警察教育完狗的主人，天已经黑透了，沿河的路灯炽亮绵延。

男人不甘心地走了，少妇带着小女孩跟言语和乌落说完再见便先行离开，言语揉着太阳穴，对警察说："不好意思啊，给你们添麻烦了。"

警察摆手："没事。"他看了看乌落，感慨道："你这位……弟弟，力气好大啊。"

言语想解释，但一时不知从何解释起，最后只是干巴巴地笑一声。

"他这个……嗯，蛮厉害的，"警察提醒了几句，"小伙子这次勇气可嘉，值得表扬，但是暴力是不能解决问题的，如果人人都这样，这个社会就不会好了。"

乌落一直站在一边等，低头看着地面，也不吭声。路灯的光投落下来，把他的影子拉得瘦长孤寂，最终和黑暗融为一体。

等警察走后，乌落侧眸看言语，小心地问："你是不是生气了？"

言语笑了笑，伸手把他的头发搓得一团乱，说："说什么呢，你救了人，这是好事，我为什么要生气？别在意那个人渣，我们回家。"

乌落点点头，跟在言语身边，一起回家。半晌，他低声说："对不起。"

言语愣了愣："怎么突然道歉？"

"我当时，看见那个女孩，想到了小时候的自己，"乌落说，"被野兽追赶，没人帮我。我……没控制住自己。给你添麻烦了，还差点害你受伤……"

"这不怪你。"言语说，但乌落固执地摇着头，也不知道听没听进去。

言语这二十几年伶牙俐齿，在骂人上颇有天赋，但从没安慰过人，几番张口，最终只是沉默地把他带回了家。

11

那天之后，乌落没再说要出门的事情。

时光荏苒，转眼已过了一个多月。乌落现在的行为举止，已经和常人无太大的差别。他学东西很快，能歪歪扭扭地写简单的句子，对别的事情也是触类旁通，偶尔会问一些奇奇怪怪的问题——像是从小孩子那里听来的充满童趣的问题。言语觉得奇怪，但也没有多想，能回答的就尽量答了。

乌落的发声练习虽然进展缓慢，但研究所说这件事快不起来，是一个长久的过程。

这天言语的学校实验室检修，放了半天的假，他提前回到家中，门开后，却没有看见那个熟悉的身影迎上来。言语喊了两声，也没有听到回应。

言语有些疑惑地在房间里找了一圈。

乌落不在。

言语在门口站住，有半分钟的时间大脑一片空白。

乌落去哪里了？他又能去哪里呢？

言语觉得乌落不会不辞而别，于是决定下楼去找乌落。

他从骄阳正好找到金乌西垂，第二次路过一个月前他带乌落来的公园时，在河边的长椅上，发现了那个熟悉的背影。

言语心里大石落了地，但紧跟着又有些生气。

他忍不住想道：又不是不让你出来玩，为什么不告诉我一声？不知道会让人担心的吗？

他从一旁的小路穿过去，正要去叫乌落，忽然发现长椅上还有一个人坐在乌落身边。

言语有些惊讶。乌落除了言语之外，近距离接触过的只有研究所的人，每一次接触留下的回忆都并不是太美好，言语生怕此刻也会出什么意外，赶紧朝前走了两步，终于看清了另一个人。

那个人身形小小的，扎着两只羊角辫，看上去十分眼熟。言语辨认了片刻，想起她就是那个被乌落救下的女孩。

而此刻让言语忽然停下脚步的，是小女孩脸上灿烂的笑容。

如果她在乌落身边感到害怕，是不可能露出笑容的吧？

言语站了一会儿，慢慢向他们走去。他隐隐约约听见风里传来女孩的声音，稚嫩童音问着一些天真烂漫的问题："大哥哥，你能跑得过老虎吗？"

乌落想了想，摇头，一边打着手势，一边用文字辅助，女孩没看懂，他还很有耐心地重复了几遍。乌落面容生得棱角分明，垂眼看人时总会带几分凶狠，但此刻脸上却带着浅浅的笑，倒是只剩下少年的蓬勃朝气了。

言语站在不远处，看着他们交流，看得出小女孩非常喜欢他。

没过多久，远远传来一声女人的呼喊，女孩从长椅上跳下来，跟乌落告别："妈妈在叫我，今天我先走啦。再见，大哥哥！"

乌落也挥手道别，目送小女孩蹦蹦跳跳地跑远了。

湿润的风拂动乌落的发丝，他的姿态非常放松，两条长腿晃来晃去，不知是不是跟小女孩学的。他在椅子上坐了一会儿，看了看天色，站起身，向着家的方向转身——

他看见了言语。

12

华灯初上，乌落和言语坐在长椅上，看着眼前的流水。

乌落看见言语的瞬间，便露出了像是做贼心虚的慌张神色。此刻那种情绪显然还没有消退，他板板正正地坐在椅子上，双手乖巧地放在双膝上，小心地看着言语的神情。

"你怕什么，"言语有点哭笑不得，"我在你心目中到底是个什么形象啊？我说的是'我们谈谈'，又不是'我要吃了你'，放松点，我看你刚刚和那个小孩子聊得很好啊。"

乌落闻言放松了点："我怕你怪我偷偷跑出来，没有告诉你。"

言语想了想，煞有其事地一板脸："是有一点怪的。所以，你如实招来，不许有隐瞒。"

乌落立刻开始一五一十地交代。

他因为那次自己失控差点伤害到言语而耿耿于怀，尽管言语并没有怪他，但是他意识到，自己好像一直在让言语付出，言语帮助了他太多，可他却什么也没做好。

因此乌落决定要做出改变，至少要能够控制住自己的野性。他努力训练，某天趁着言语不在的时候，做足了心理建设，鼓起勇气走出了家门。

"我只想短暂地出门一会儿就回家，只是为了确认在外面的环境里，我能控制住我自己。"乌落说，"但是我刚走出去，就碰到了那个小妹妹，她认出了我，跑了过来。我一开始想跑，但是她叫我哥哥，追了上来。我怕她被绊倒受伤，就停了下来。她抓住我的衣角，还给我糖吃。"

河岸的霓虹漫射至此，已经被削弱成朦胧的光色，只能映照出一个虚幻的轮廓，乌落的双眼在朦胧里，却如金月一般盈盈地亮着："我就……想到你了。我当时想，和你一样的人，应该都能包容我的吧？"

言语看着他，认真地说："乌落，你已经不需要被'包容'了。你已经是我们的一分子了。"

"是吗？"乌落有些高兴，"太好了，你的付出没有白费。后来，我慢慢延长了我在外面的时间，一直都没有出事，出门时如果碰到她，我就陪她玩。我不是有意瞒着你的。我想等到自己学好了，给你一个惊喜。"

"乌落，"言语顺了顺他的头发，"你不需要这样偷偷摸摸的。你以后可以自由外出。"

乌落有点担心地看着他："这样是不是不合规矩？"

"没关系，"言语早有准备，"今天我给你们录了一段像，连同

这段时间你的努力训练，我都打包发给了研究所。他们认为现在的你，已经不是'异类'，至多需要一些小限制，比如手机开开定位什么的……我平日太忙，没办法总陪着你，你能交到朋友，我很开心。"

乌落确定这不会给言语惹来麻烦，便高兴地点了点头。

一切都在变好，言语想。他一边觉得欣慰，一边又觉得空落——现在的乌落，好像已经不再需要他再做些什么了。

乌落的行为不再需要言语进行纠正，甚至还能帮没工夫处理生活琐事的言语一些小忙。他很快学会了手机的操作，也有很强的自学意识，如果言语回来得晚，他甚至可以自己点外卖或者外出吃饭。

下班路上，言语偶尔能看到乌落在外面的身影。有时候他会一个人看风景，如果碰到了小女孩，就会和对方一起玩。附近的人逐渐认识了这个又高又帅、不爱说话的小伙子，在路上碰到，会友好地向他笑着打招呼，像所有和睦的邻里做的那样。

乌落做到了——他融入了这个社会。

言语一方面为完成一个艰巨的课题而满足和骄傲，一方面又清楚而不舍地认识到，他们是时候分别了。

他们最后一次促膝长谈，言语告诉乌落："乌落，你可以离开了。"

"离开"这两个字像是从未出现在乌落的认知里似的，少年喃喃地重复了一遍："离开？去哪里？"

言语说："去找你想做的事情，去学你想拥有的技能，去任何你想去的地方——"

"我想留在你身边。"

言语忍不住笑了起来。有那么一瞬间，他很想说"我就知道你离不开我"，但最终，他只是摇了摇头："这太武断了，乌落。

世界是很大的，不只是一个小岛，也不只是这个家。你还有很多东西要学习，还有很多景色要去看。你在我身边，其实学不到太多东西……研究所和相关的组织会给你安排住所和课程，让你获得更系统和专业的教育。"

现在的乌落已经不会认为这是言语要扔掉他的托词。他沉默着，思考了很久，不怎么情愿、但又深知必须如此地点了头："你是为我好，我知道。"

言教授最后向乌落张开双臂。

乌落往前挪了几步，用力地抱了他一下。

言语拢着人，万般不舍。

但他清楚地知道，乌落是一阵穿林而来的风，已经在自己身边转了太久，是时候该走了。

13

乌落离开后，言语的生活回到了正轨，只不过一切有了些微的不同。

在和乌落相处后，言语已经明白，自己以往受到质疑就反唇相讥的行为，其实也是一种应激反应。这种反应就像是乌落的攻击性，伤害到别人，也对自己无益。言语的毒舌除了招来误解之外，并没有意义。

下一次野外考察的时候，言语示意所有人倾听那些细微的声响，不出意外地得到了一些质疑。

他这次没有阴阳怪气，而是心平气和地做出了解释，很多人虽然将信将疑，但也按他说的做了。

后来他也遇到过之前和他闹得很不愉快的考察队领队。他们在路口相遇，双方都颇有些尴尬地驻足，言语客气地对领队点了点头，给他让路。

领队看上去对他的态度有些惊讶，路过他身边的时候，又停下了步子："我听说教授把那位少年安顿得很好。"

言语本还有些拘谨，闻言不自觉露出了微笑："那是当然！"

"我曾经说过教授不负责任，现在向您道歉，"领队犹豫了一下说道，"希望言教授海涵。"

若放在以往，言语最多只是点点头，而后便扬长而去，但现在，一切都变得不同了。

言语主动友善地向领队伸出了手："之前和你们共事的时候，我对你们说了不少混账话，是我太狂妄了，对不起。"

原来道歉并不是什么困难的事。说起来，这还是乌落教会给他的呢。

言语逐渐成为 A 大的知名教授，广受学生喜爱，可他自己总觉得心里空了一块。

直到有一次他挑灯夜读查阅资料，在书房睡着了，半夜被白炽灯的光照得惊醒，下意识说了一句："乌落，关灯……"

话出口，他才想起，那个少年已经离开了。

睡意消失得无影无踪，他坐起身捏捏鼻梁，解锁手机界面，看了眼通讯录。

那里面有一个叫"A乌落"的联系人，但言语并没有拨打过那个号码，乌落也没有打进来过。言语去研究所问过，得知乌落的居处在另外一个城市，他便没有去看。

他觉得自己不能去打扰乌落，乌落该有自己的生活。

没有乌落的日子，不再鸡飞狗跳的日子，平和得像是温水的日子，言语想，不过是恢复常态而已，自己会习惯的。

半年后，第一场雪落下来的时候，言语正在踩着铃声说出一声"下课"，学生们一窝蜂地收拾起来，一半聚在了窗户前，叽叽喳喳地讨论雪景。

言语也往窗外看了看。教室大敞的门被敲响，一个学生探头进教室，喊："言教授，有人找您。"

言语问："是谁？"

"不认识，那人很高，而且好帅！"

言语心中忽然有一个名字跳动起来。他匆匆把东西一收，急切地走出了教学楼。

天地落白，一道漆黑的身影正站在风雪之中。

乌落穿着一身黑色的风衣，仰着脸，看着漫天飘飞的雪。他的头发剪短了，只扎了个小辫子，几个女生在门口小声议论他，问这是哪个学院的大帅哥。

言语虽然满心期待，但真正见到他时却还是愣在原地，被雪粒迷了一下眼，狼狈地揉着眼睛，再抬眼时眼眶有些红。

乌落已经走到他身前，低头看他。

他们只是静静地站着，面对彼此，四周大雪纷飞。

乌落认认真真地看着他，终于张开嘴，发出了声音："言语。"

不是怪异的音调，而是真正的、能被人听见并理解的话语。

言语像是完成什么仪式似的，也开口说："乌落。"

一时有很多话堵在言语的胸腔里，每个字都拼命地往外挤，最后出口的，却只是平平无奇的一句："你怎么回来了？"

"我已经学了很多东西，也认真地思考过了，"乌落的发音还有些走形，所以他说得很慢，每个字都沉甸甸的，"言语，经过很久很久的深思熟虑，我还是想回来。"

言语喉结动了动，说不出话，只盯着他看。

"在研究所那里，我学会了用声带发声，而且学习了很多别的知识。我想以野外考察助理的身份，和你一起参与考察工作。"

鉴于乌落的身体素质与多年野外生存的经历，这个请求研究所无法拒绝，所以他们同意让乌落参与考试。

"我已经把证书考下来了，所以回来找你。"乌落继续说，话音因为一些不明显的生硬，而显得格外认真坚定。

言语伸手遮住了脸。

乌落有些紧张："你不愿意吗？"

"说什么傻话。"言语闷声说。

他深吸一口气，平复心情，终于露出了一如既往的笑容，向乌落伸出手："欢迎回来，乌落。"

乌落也一如既往地将自己的手乖乖地放在了言语的掌心。

世间最幸福的事情，莫过于久别重逢。

14

四季轮转，又是一个炎炎夏日。

船只靠岸，一群人呼啦啦地登上了沙滩，一道漆黑的身影打着头阵，大步迈入了深处的丛林。几个大学生打扮的青年人接连下船，落地四顾，发出没见识的感叹声，便要向着岛深处走。

言语走在最后，此刻正是假期，言语带着几个研究生做新课题，需要外出考察，选定了这座岛。这是东洋的一座小岛，面积不大，远天湛蓝，森林葱郁，生态环境被保护得非常好，有非常丰富的物种信息。

学生们与其说是来考察的，倒不如说是来旅游的，一个个大呼小叫。不知名的鸟扑棱着绚丽的翅膀落在高树的冠顶，好奇地看着在海岸线停靠的大铁皮。

海风拂面，言语一边下船，一边抬起头，深深地吸了一口气，吸进满腔的海咸气和草木香，顿感心旷神怡。

风里传来一个常人听不到的、轻快的声音，那是只属于他们的暗语："言语，快点跟上！"

　　言语一边笑应着"知道了"，一边提起步子，向着海岛深处走去。

End

Slowly

顽劣张扬小众音乐人

Vs 腼腆"社恐"音乐生

Slowly

文／季信来

慢慢
即
漫漫

在我心中，你的瑕疵是点睛之笔。

Slowly

慢慢即漫漫

Slowly

山水有相逢。

01

　　南洲水岸的路灯在晚上七点半准时亮起。

　　同一时间，解漫从公交车上下来，顾不上耳侧滑落的耳机，跺了跺站得有些发麻的腿，赶在解华峰的最后通牒的时间前刷卡进了小区。他六点半才放学，时间刚好卡上晚高峰，在沙丁鱼罐头似的公交车厢里站着挤了近一个小时，好不容易下了车，却来不及呼吸两口新鲜空气，拔腿赶命似的往家里跑。

　　裤兜里的手机嗡嗡地振个不停，解漫掏出来一看，来电人又是他爸解华峰，估计又是打来问他走到哪了，解漫不想接，他在电话里和解华峰说不清楚。思索片刻，他摁了挂断键，指尖轻点，飞快地回了解华峰两个字——"楼下"。

　　今天是和喻家的人吃饭的日子，上个周末时解华峰就通知他了，说下周五喻家母子俩要搬到南洲水岸，叫他晚自习请假，回家聚餐。

　　解漫对喻家人并不陌生，尤其是那位已经在法定意义上成为了他母亲的喻葶。她是解华峰的秘书，也是解华峰时隔十五年续弦的妻子。

解漫的母亲在解漫五岁时就和解华峰离婚了，解漫小时候没人照顾，被忙于工作的解华峰带到公司时，都是喻葶带着他。喻葶的丈夫在五年前意外身亡，而她平时为人低调，很少分享自己的私事。直到她丈夫的死讯登上了本地新闻，噩耗传到公司来，大家才知道她早已结婚多年，孩子都要成年了。

喻葶给解华峰当了十年的秘书，两人相识已久又知根知底，所以当解华峰通知解漫要和喻家搭伙过日子的时候，他并没有感到很意外。解漫并不排斥喻葶，相反还对她挺亲近，唯一让他感到有些棘手的，只有那个跟着喻葶的孩子。

虽说他们曾经见过几面，但都是匆匆一眼，打个照面，双方几乎没有深入交谈过。而且距离上次见面已有三四年，他们俩本就对彼此了解不深，更不要说知道对方的近况。

听解华峰不怎么靠谱的介绍，喻葶的儿子如今少有为，是个小有名气的小众音乐人。

解漫走到门前，把钥匙捅进锁眼里，突然在一瞬间感到有些紧张，不知等会要做何反应——是称呼喻葶为阿姨呢，还是直接开口叫妈？自己一见面就叫妈好像有点太轻浮了……

还没等他想好，门便忽然从里面被推开了。暖黄的灯光从屋里透出来，厨房里传来食材下锅后噼里啪啦的声音，他和开门的人猛地对视，顿时，在电梯里酝酿的一堆礼貌的问好词汇全卡在嗓子眼里了。

喻思晚站在大门口，和明显有些发蒙的解漫对视。

喻思晚大概刚刚结束了一场演出，还没来得及换装就直接来了南洲水岸。

白色的无袖背心让他手臂上流畅漂亮的肌肉线条完美展现，手腕处的铆钉腕带反射着灯光，显得很亮，下半身的格子短裤上别了两个皮扣，更显朋克风格。喻思晚脸上没露出什么情绪，他以微微俯瞰的角度看着解漫，由身高带来的压迫感顿时增强。

　　狭小的空间里，没有一个人说话，喻思晚是不想说，解漫是说不出来，两人就这样面对面地站着，像加载中的进度条。

　　厨房里炒菜的声音停了，油烟机关闭的瞬间，空气变得很静，喻思晚的神色在漫长的对视中变得似笑非笑。

　　解漫的脸却慢慢地红了——给急的。

　　他想说点什么来缓解刚刚无言的尴尬，可是喉咙里只能发出一些急促的气音。

　　他根本没有预想过怎么和喻思晚打招呼啊！

　　耳机里的女声还在无知无觉地唱着，解漫暗自腹诽解华峰的情报果然不靠谱——这人怎么能算是小有名气呢？喻思晚最近在各类音乐和话题热榜上频繁出没，还和很多大牌制作人合作过，解漫很有印象。

　　喻思晚看着眼前人的脸渐渐红得像一颗柿子，耳朵尖都透着热气，"窘迫"两个字写满浑身上下，他却懒得给这个弟弟解围。

　　两个人就这样僵持着，直到解漫觉得自己的太阳穴都要随着心脏突突地跳起来时，喻葶从厨房里出来了。她看见门口像稻草人一样杵着的两人，没察觉到异常，只高兴地招呼道："小漫回来了，快进来！"

　　诡异的气氛终于像气球一样被喻葶戳爆了。等解漫回过神来，身旁的喻思晚也跟着一闪身，让解漫从门框和自己身体的间隔里钻了进去。

解漫回屋放了书包，在厕所里洗了把脸，待平静后，又对着镜子练习了两遍等会儿要说的话。等他再走出去时，饭菜都已经装好盘摆上桌了。

解华峰坐在主位上，看见解漫走了过来便一挥手示意他坐下："解漫，过来叫人。"

解漫走到座位旁，却不急着坐下，转向喻葶，抿了抿嘴，说道："阿姨，欢，欢迎你来我们家。"

"好孩子，快坐吧。"喻葶眉眼弯弯，笑得很温柔，"快尝尝阿姨今天做的菜合不合胃口。"

解漫飞快地朝喻葶旁边的男人看了一眼，发现喻思晚在玩手机，没看他。刚刚在门口和喻思晚进行了一场莫名其妙的对峙，解漫现在不是很想和这个陌生且奇怪的家伙打招呼，于是选择性地忽略了他，转身准备坐下。

"还有你哥哥。"解漫要坐不坐的关头，解华峰横插一脚，"跟思晚打个招呼。"

"哦。"解漫在心里无奈地翻了个白眼，觉得解华峰真是一如既往地没什么眼力——没看出来目前他俩都不怎么想和对方打交道吗？

"你好，我，我……"

解漫本想着快点说完就快点开饭，没想到和喻思晚对视的瞬间，嘴巴又卡壳了。他说完"我"之后便想闭嘴，不愿在喻思晚的面前出丑，却又因为被解华峰盯着，不好意思停下来。

这时喻思晚站了起来，客气得仿佛刚刚在门口像哑巴似的杵着的人不是他。

"你好，我是喻思晚。"好听的嗓音传进解漫耳朵里，喻思晚接着说，"解漫是吗？久仰。"

话语看似寻常，可仔细一琢磨后，解漫却觉得这话有种说不清的阴阳怪气的感觉。

时隔十五年，解漫再次拥有了一个完整的家庭，难得有人肯在饭桌上听解华峰说话，一把年纪的解总情绪上涌，聊起天来有些滔滔不绝。解漫十分注意力中有九分都在顾着吃饭，剩下不到一分留给了解华峰，最后匀了一点去琢磨喻思晚的那句"久仰"。

酒过三巡，解华峰越讲越兴奋，解漫暗暗觉得他爹今晚实在有点父爱泛滥，自己得快点吃完快点溜，要是跑晚了，指不定又得被解华峰逮去进行一番关怀谈话。于是他默默地加快了吃饭速度，估摸着时间差不多了便放下饭碗，正准备溜，余光一瞥，看见对面的喻思晚也停了筷。

"我吃饱了，"喻思晚抢先一步站起来，冲着解华峰和喻葶一点头，"叔叔，妈，你们慢慢吃，我还有事，就先回屋了。"

"去吧，"解华峰一挥手，随口说道，"等会叫解漫送点水果去你房间。"

"解漫，"解华峰看着跟着起身的解漫，语气却截然不同，"你走什么走？坐下，陪我和你阿姨多聊一会儿。"

想溜走的解漫，被亲爹两句话安排得明明白白。他抬起头愤恨地看了喻思晚一眼，发现对方竟也在看他。四目相对，喻思晚意味深长地朝解漫挑挑眉，调侃之意明显。解漫回瞪了喻思晚一眼，其中颇有些咬牙切齿的意味。

看着解漫的表情，喻思晚笑得很混蛋，回答却彬彬有礼："客气了，谢谢叔叔。"

端着盘子敲响喻思晚房门的时候，解漫心里有一万个不情愿。

可解华峰在客厅里盯着，他不好不送，加之他又不想拂了喻
荨的面子，只好拿着水果硬着头皮往喻思晚的房间走去。

南洲水岸的房子很大，四室两厅，喻思晚的房间就在解漫的
隔壁。当时解华峰买这套房子时，解漫还不太理解他们父子俩为
什么要住那么大的房子，现在回想起来才发觉，怕是从那时候起，
解华峰就在为今天做准备。

解漫端着那盘水果像端着一颗炸弹，颇有些战战兢兢的意味。
他停在门口犹豫了一会儿，心想等会儿要是喻思晚不领情，他就
二话不说把水果盘一扔，直接跑回自己房间去。

深吸一口气，解漫才抬手敲门。喻思晚的声音隔着门传出来：
"请进。"

解漫顿了顿，轻轻推门进去了。

大概是刚搬过来、东西都还没有收拾好的缘故，喻思晚的房
间里没什么住过的痕迹。墙上挂了一张软木板，解漫瞥了一眼，
上面贴满了五颜六色的票根，可距离太远，他没看清那些具体是
什么演出的票。喻思晚坐在地毯上，身边的架子上放着一把吉他，
手里拿着纸笔在写着什么，听见解漫的声响后，转过身来。

"哟，居然真的来给我送水果啊。"喻思晚摘下耳机，从地上
起身朝解漫走过来，"谢了。"

解漫没接话，把果盘往桌上一放就想走。一转身，喻思晚的
声音从背后传来："久别重逢，一上来就对哥哥大献殷勤，不太
好吧？"

解漫想说点什么，最终还是咬咬牙忍住了，心道这人真是自
恋，幼时仅仅几面的交情硬被他说得情深义重似的。

他只回道："是，是我爸让我给你送的。"

"这话没什么说服力，你看起来不像那么听话的小孩，"喻思
晚一挑眉，"不是吗？"

"关你什么事？"沉默了一会儿，解漫反问道。

说这句话时他没有磕巴，这几个字快速地从嘴里蹦出来，像是压抑着某种委屈和恼火。

"确实与我无关，"喻思晚笑了笑，转身坐回地毯上，"这个家里，和我妈有关的事我会管，其他事我都不想管，所以希望你以后也能像今天一样，对我充满距离感。我不招惹你，你也别来管我。"

"我不打算做你的好哥哥，也不想半路捡一个什么便宜弟弟。解叔和我妈结婚了，那是他们的事，他们决定成为一家人，但我没这个打算。你和我，只需要在我妈和解叔面前演演兄友弟恭就行了，私底下的话，就算了吧，一直演戏多累啊。"

解漫心想：巧了，我也没这个打算。

第一次见面就这么咄咄逼人，这人凭什么在这里阴阳怪气啊？谁想和你做好兄弟，你也太自作多情了吧！

房间里陷入短暂的沉默，喻思晚见解漫不说话，便开口追问道："你能做到吗，解漫？"

"哦。"垂在右侧的手慢慢握紧成拳，解漫很吝啬地还给喻思晚一个音节，利落地转身出了门。门砰的一声被关上，不算很响，却足够表达离去的那人心中的不爽。

喻思晚坐在地板上，听着一分钟后隔壁房间传来熟悉的关门声，盯着手里的纸，半晌突然笑了："小结巴，脾气还不小。"

当晚，解漫躺在床上翻来覆去地睡不着，脑子里全是喻思晚刁难人的嘴脸。他思来想去，愣是想不明白自己到底在什么时候得罪了这位"大明星"。

凌晨四点，东方泛起鱼肚白，解漫抱着被揪成一团的被子，终于愤恨地睡着了。

03

喻家母子搬过来后，解华峰便仿佛打算回归家庭似的，相比之前，回家的频率显著增加，家庭聚餐的次数也越来越多。在解漫回家的每个周末，更是隆重得像什么节日似的，喻葶和解华峰会提前下班，一个亲自下厨准备晚餐，另一个则会在不堵车的情况下主动营造父慈子孝的温馨氛围，直接去学校接解漫放学。

可两位家长想让两兄弟打破隔阂、亲如一家的愿望实在太迫切，一不小心就会用力过猛。

在解华峰的口中，解漫的底裤几乎都要被亲爹扒出来了。从解漫小时候不开小夜灯不敢自己睡，到长大后第一次因为结巴吵不过别人而和同学打架……桩桩件件，解漫听得一头黑线，被这如山的父爱压得有点喘不过气来。

当解华峰第不知道多少次要拿解漫小时候的糗事作为打开话匣子的钥匙时，他终于憋不住了，开始主动向喻思晚搭话，企图祸水东引："喻，喻哥，最近在，在，写歌吗？"

这句话看似莫名其妙，实际是有根据的。高三每半个月放一次假，也就意味着解漫每个月回南洲水岸的机会不多，但巧的是，他每次回家时，喻思晚竟也都空闲在家。

周六下午的两点到七点是解漫固定的居家学习时间，他通常刷完一到两张卷子就会弹一会儿钢琴来放松，但解漫发现喻思晚的最常创作时间也恰好在这五个小时。

房间没有隔音设备，隔得近的房间能互相听见里面的动静。他刷题时，屋里只有笔尖和纸接触的沙沙声，因此偶尔能听见从靠近喻思晚那侧的墙壁对面传来的乐声，旋律很抓耳，节奏感很强。

此时，喻思晚没想到他会突然提问，夹菜的手一顿："嗯。"

"吵到你学习了吗？不好意思啊，哥哥下次一定控制音量。"

他立马装成好哥哥的模样道歉。如果不是先前在房间里曾听过那番话，单看那诚恳又略带歉意的眼神，解漫几乎要信以为真了。

解漫还没想好怎样回答，在犹豫的当口被解华峰抢先一步抓住机会："小喻，你弟弟他其实也学过几年声乐，从小就开始弹钢琴了，你要是不忙，偶尔也可以带解漫玩一玩嘛。"

喻荨收到暗示，立马接话道："思晚，你之前不是还跟我说想转型但没灵感吗？没事的时候多和小漫交流交流，说不定就有想法了。"

喻思晚一挑眉，看向解漫，一字一顿地说："学，过，声，乐？"

不相信吗？解漫心想，他真的认真学过声乐，不是什么徒有其表的半桶水。

起初学声乐并不是因为解漫对它感兴趣，而是因为他天生有些结巴。说短句时不明显，但他说长句时难免卡壳。小时候倒还好，周边人都是牙牙学语的阶段，说话断断续续，差别不大。但长大后，当同龄人说话都变得流畅时，解漫轻微的结巴就变得明显起来了。

解华峰发现这问题后，果断做了干预——让他去学声乐。这不但可以有效调整他的发声方式，还可以训练口腔肌肉，对改善口吃有帮助。他被解华峰逼着去了兴趣班，学着学着，还真就喜欢上了，后来为了提升乐感，便又去学了钢琴。

解漫尤其喜欢那种抒情的、悠扬的慢歌，比如说他耳机里总是单曲循环的《What A Wonderful World》。

他常常会自己扒谱，将很多流行音乐改编，做出一个钢琴的翻唱版本。轻柔的、舒缓的音乐会最大程度减小结巴带来的缺陷，让他的歌声听来和普通人没什么差别，甚至要比普通人唱得还要好听，再和娓娓道来般的琴声一结合，每首歌便都在原有的基础上多了一点独属于解漫的味道。

这一点，曾在很大程度上为人际关系不理想、惜字如金的少年时期的解漫缓解了一部分自卑心理——寂寞的时候，他还可以靠音乐和世界交流。

此时，面对喻思晚近乎调侃的疑问，他抬头不卑不亢地答了一句："对。"

喻思晚盯着他看了一会儿，突然笑了，冷峻的脸部线条柔和起来，语气随意，像在哄小孩："行，下次有机会带你玩。"

04

时间一晃，已由盛夏转至深秋。

解漫的校服外套下早已叠了厚厚的毛衣，天黑得早，他从校门口走出来时路灯已经亮起。他像往常一样，一个人听着音乐，站在公交车站旁望着远处的红绿灯和车流发呆。想着又要回南洲水岸，解漫的思绪慢慢从各个学科的复习中抽离出来，他想起喻葶，又想起喻思晚，接着便想起了对方先前那些欠揍的言论。

家里来了一个净会找碴儿的戏精，解漫在学校时反而不需要面对两幅面孔的人，因此觉得学校里枯燥乏味的生活都变得恬静美好了许多。

可这两个多月以来，他和喻思晚的关系也并非没有丝毫缓和。在兄弟间冰山渐渐融化的背后，喻葶从原来的住处搬过来的旧相册有着难以磨灭的功劳。

相册里喻家母子和解漫的三人合影微微泛黄，不动声色地昭示着喻思晚和解漫在家庭重组前就并不浅的关系。

那时喻思晚的父亲刚刚去世，时间卡在高三这个重要的节点上，在家庭和工作的双重压力之下，喻葶憔悴得不成人样。解华峰担心她过劳，便批了带薪假期，让她处理好丈夫的后事后再复工。喻思晚每每放学回家，就会看见满脸泪痕的母亲坐在沙发上，开着一盏小灯，手里拿着厚厚的家庭相册。

解家大概是很重视这个"得力干将"，解华峰没出面，但解漫才初二，课业不忙，便总是拎着两个三层的饭盒，爬六层楼梯来陪喻葶吃饭。大抵是单亲的缘故，解漫对这个几乎充当着他半个母亲角色的女人很是亲近。

喻思晚下了晚修回家时，常常会在公交车站看见离开的解漫，只不过大部分情况下都是喻思晚看见解漫，而解漫没有看见他，但少年清瘦的身影却像印在喻思晚脑海里一般，挥之不去。

恰巧有天喻葶做了点甜品，叫解漫留下尝尝，他才走晚了，和刚好到家的喻思晚撞上。解漫捧着碗吃甜品，显得很乖，他进食的速度不快，大抵是喜甜，每吃一口后都要仔细回味一下，吃相很斯文。

年少时，喻思晚对解漫的心态很复杂，谈不上讨厌，但也绝对称不上喜欢。像是某种小孩式的幼稚与轻微的反感，还是仅凭直觉，没有实际依据的那种。

一方面，他对解漫替代他陪伴喻葶、安慰喻葶的行为感到感激，另一方面，又觉得解漫好像是在乘虚而入，夺走了喻葶对他一部分的爱，甚至是在用某种手段将喻葶和解家变相地捆绑起来。

但当解漫坐在桌前腼腆地向喻思晚问好时，"哥哥"两个字被很轻地吐出来，如梦中的呓语。喻思晚想绷着脸不去回应，却发现实在很难。他只能故作冷漠地点点头，然后仓皇地跑掉。

但随着解漫来喻家的次数的增加,喻葶脸上的泪痕渐渐少了,她和喻思晚提起解漫的频率也慢慢增加,解漫几乎成了喻葶的半个孩子,喻思晚也从喻葶口中得知了有关解漫的更多信息,比如单亲和结巴。

后来解漫上了高中,来喻家的频率降低了,而喻思晚考上大学后也搬了出去,二人再没见过面。

喻葶拿着照片在沙发上讲述这些旧事时,语气很是感慨:"小漫,其实思晚对你印象还蛮深的,他刚上大学那会儿,还经常会打电话问我,你还有没有继续来看我,还有没有留在家里吃甜品。"

坐在沙发另一侧的喻思晚表情略显尴尬,却没开口否认,倒是解漫听完这些后有些惊奇地看了他一眼。

坐在一旁的解华峰开了口:"那时候……有些困难,孩子去关心你也是应该的。"

"都过去的事了,不说了,"喻葶摆摆手,"孩子们和我们都过得好就够了。"

这位年近五十岁的女人温柔地抬眼看了看喻思晚,又瞧了瞧解漫,笑着说道:"我是看着你俩长大的,知道你们都是慢热的孩子,太久没见了有些生疏,都可以理解,但你们以后可是要住在同一屋檐下了,一定要好好相处,好吗?"

话虽是对着两人一起说的,但喻葶的目光却紧紧地锁定在喻思晚身上。喻思晚感受到来自这位他生命中最重要的女士的威胁,硬着头皮点了头:"你放心吧,妈。"

自那以后,解漫隐隐感觉到喻思晚像是卸下了一层铠甲,送水果时放的狠话好像就此随风飘散了。两人之间虽然称不上熟稔,却也不似以往那般针锋相对。

一场新雪过后，地板上湿漉漉的。

月考完会一次性休息两天，解漫边往校外走，边在心里计划着假期。可他才走出校门，刚刚开机的手机就在外套里振动起来，解漫拿起来一看，又是他爹解华峰。

大概又有什么事了。解漫轻轻叹了口气，摁了接听键。

可等到挂断解华峰的电话后，解漫整个人都有点恍惚。

公司有事，解华峰和喻葶紧急出差了，现在家里就剩他和喻思晚两个人。按电话里解华峰的说法，喻思晚这段时间会照顾好他的一切。但解漫却对喻思晚没什么信心——虽然这几个月他们之间的关系有所缓和，却不足以让他的"便宜"哥哥变得像田螺姑娘一样好心。

果然，还没等解漫反省自己是不是以小人之心度君子之腹了，喻思晚的一通电话彻底证实了他的想法。

另一边喻思晚刚刚结束和喻葶的通话。

电话那头的喻葶千叮咛万嘱咐，叫他照顾好解漫，和弟弟好好相处，絮絮叨叨地讲个没完。喻思晚静静地听着，没插嘴。等喻葶都交待完了，才半真半假地调侃了一句："妈，我怎么感觉解漫更像是你亲生的。"

喻葶愣了一下："说什么胡话呢，我们都是一家人。"

"好了，我知道了。"喻思晚轻描淡写地转移了话题，"放心吧，亏待不了他。"

喻思晚这次没打算胡来，既然家里两位大家长都不在，作为唯一的成年人，照顾一下法律意义上的弟弟也算理所应当。但在一个月前，他就和朋友约好了，今天要去对方的小型 live（现场演唱会）做飞行嘉宾（临时嘉宾），实在没有空带人出去吃饭，他犹豫了一会儿，最终拨通了解漫的电话。

回南洲水岸的 86 路车刚刚驶离车站，解漫没赶上，只好捏着手机站在路边，屏幕上显示的正在连线人是喻思晚。对方大概在一个比较封闭的空间里，手机听筒里传出来的声音很沉。

喻思晚问："你刚放学？现在在哪里？"

"在，在路边等车。"解漫答道。

"流云大道 253 号，有一家叫 TRUE BLUE 的 LiveHouse（室内场馆，可以供人进行现场表演），从你们学校公交站坐 99 路可以到。我今晚有演出，没空带你去外面吃饭了，你上这儿来蹭饭吧。"

耳畔喻思晚的话语不容置喙，是带着点命令般的语气："八点之前平安抵达，可以吗？"

又是这么硬邦邦地和他说话，解漫想。

他想和喻思晚呛两句，话至嘴边又不知道说点什么，最后只能闷闷地回了句："哦。"

"行，那我挂了。"喻思晚干脆利落，正想挂断电话，却听见听筒那边传来解漫浅浅的呼吸声，突然一下又有点心软。

说到底，解漫不过是个小孩儿罢了。

于是他又补了一句："注意安全，解漫，有事随时给我打电话。"

"嗯。"又是一个音节传来，低低的，有点乖。

"挂了。"喻思晚说完，把手机锁屏后往旁边一扔，躺在沙发上假寐。

从 99 路公交上下来，解漫左右看了看，跟着明显增加许多的人流往右走了两百米，来到了 TRUE BLUE 的门口。他踌躇了一会儿，在"磕磕巴巴和老板问喻思晚的去向"和"直接打电话叫喻思晚出来接他"两个选项之间，果断选择了后者。

结巴又社恐的他是绝对不可能开口向陌生人提问的！

"嘟，嘟——"

短暂的等待后电话通了，解漫心里有点紧张，但还没来得及开口说话，就听喻思晚有点含糊的声音传出来，像在走动："到了？在门口等着，我来接你。"

在十八年的人生里，解漫从来没有来过 LiveHouse 这种场所，只好乖乖地站在 TURE BLUE 门口，好奇地四处打量。天已经完全暗了，店门口五彩缤纷的射灯打在地上，像二十世纪七八十年代的迪斯科舞厅。门口挂着的风铃时不时地响起来，打扮时髦的男女随着铃声出入，在来来往往的空隙中，解漫瞧见其中的光景，恍惚觉得门后好像藏着另一个世界。

门缝里传来的若有若无的乐声，解漫侧耳听着，辨别出《加州旅馆》的旋律，他跟着旋律小声地唱："Welcome to the Hotel California（欢迎来到加州旅馆）……"

歌至末尾，喻思晚穿过吧台和走廊，从后台姗姗来迟。两人视线交错的瞬间，解漫被突然出现的人吓了一跳，像是被撞破了什么秘密般，猛然噤了声。两人路过吧台侧舞台处正在排练的乐队时，他才又状似无意开口："这，这是你的乐队吗？"

"不是，"喻思晚摇头，"我今晚表演的场地在里面。"

"噢。"解漫点点头，但路过那支乐队时，脚步还是不由自主地放缓了，眼神控制不住地往他们身上跑，像被蜘蛛网黏住的昆虫。

喻思晚在前面带路，只偶尔回头看一眼，确认解漫是否跟上了。他听见解漫脚步声的节奏变了，转身查看情况，却看见解漫好奇又憧憬的目光。

他脑袋里突然嗡的一声，依稀想起了自己的十八岁。

06

十八岁的喻思晚，也曾和此刻的解漫一样，对这个全新的、从未触碰过的世界满是好奇和憧憬。

那会儿他正上高三，接触这类小众音乐是在一个很偶然的夜晚。

那天晚上，喻思晚刚下公交，在离家还有一段路的距离时接到了喻葶的电话，说要晚点回家。

他不想回家单独面对一厨房的冷锅冷灶，便干脆直接在街上闲逛，打算逛到喻葶快到家时再回去。喻思晚背着包，从行色匆匆的路人身边走过。

夜色多云，没有月亮。昏昏沉沉间，路灯亮了，暖黄的光照在他的脸上。他停下脚步，看着这一段被照亮的街道，突然觉得有些百无聊赖。

耳畔突然传来一阵乐声，喻思晚偏过头去，发现那声音是从路边一所清吧里传来的。

那不是正规的 LiveHouse，因此隔音并没有那么好。透过玻璃门，喻思晚隐隐约约看见台上有人站着，拿着麦克风试了两下音便开始了表演。断断续续的唱词钻过门缝，借着风溜进喻思晚的耳朵里，节奏鲜明，冲击感强烈，让他忘不了那一瞬间的感受。

此后，他便像被引力捕捉到的行星，不受控制地往那个世界里撞去。

那时他的眼神，也如同刚刚的解漫一般，一望去，便挪不开了。

喉结轻轻滚动，喻思晚不动声色地咽下情绪，状似无意地开口："你感兴趣？"

解漫没说话，半晌，轻轻点了点头。

"走吧，带你进去吃饭。"喻思晚难得正经，没再继续刚才的话题，却也没说故意的话来调侃，惹得解漫撩起眼皮，奇怪地看了他一眼。

两人一前一后沉默地走着，在安静的氛围中，喻思晚的心里却乱糟糟的，思绪翻涌。

喻思晚想起解华峰在餐桌上提起解漫爱好音乐的话语，想起那个不爱说话的小结巴放假回家进门时尚未摘掉的耳机，想起自己偶然创作至深夜路过解漫没关紧的房门时，看见他边写卷子边无意识地跟着 MP3 里的旋律哼歌的场景。

他想，如果可以偶尔带解漫玩玩音乐或许也不错，说不定解漫在舞台上的样子会相当不同，甚至是惊人的有趣。

那就把今晚当成一场实验吧！喻思晚在心里暗暗想道。

07

今晚的 live 恰逢周末，观众来得格外多，二楼小看台上已经有提前入场的零星观众了。解漫从舞台后面绕行时，余光瞥见了几张装了小灯的手幅，上面写着喻思晚的名字。

后台的休息室里，喻思晚不知道从哪掏出一个三层的木质食盒，和当年解漫带来喻家的食盒形状相似，只是这个食盒上的雕花要精致许多，有点南洋风情。他把食盒打开，从上至下，四个菜盒分别装了不同的菜式，最下面那一层是杧果糯米饭，喻思晚把它们拿出来，一一摆在小茶几上，又变魔术似的拿出筷子，递给解漫。

"吃吧，"他说，"楼上有家改良过的东南亚菜馆，之前和朋友尝过一次，杧果糯米饭味道还不错。"

"甜的。"喻思晚轻轻补了句。

"谢谢。"解漫顿了顿，接过筷子，有点讪讪的。

他还以为喻思晚把他叫过来后，会随便点个外卖把他打发了，没想到这顿饭居然蹭得还挺丰盛。他有些尴尬地拿着筷子，不知所措地等待着。

以往家庭聚餐有解华峰和喻葶在，很少冷场，他即使不参与聊天也不会觉得尴尬。但如今只有他俩独处，解漫一时之间很难习惯。他暗暗祈祷喻思晚会因为什么事而立刻离开这个小空间，让他能自在地吃完这顿晚饭。

只可惜，任凭解漫如何在心里央求，这尊大佛依旧稳稳当当地坐在旁边的沙发上，颇有一种要看着他吃完这顿饭才去忙的架势。

解漫不自在得几乎有些胃疼，握着筷子的手指有点发僵。偏偏喻思晚还要火上浇油似的问："你吃啊，怎么不吃？菜不合胃口？"

"没，没有。"解漫紧张到结巴，为了掩饰尴尬，连忙夹起眼前的一块香茅柠檬鸡塞进嘴里。

你在这里的话，我吃什么都吃不下的啊！

解漫在心里大喊，面上却不动声色，只一口接一口地不断往嘴里送食，实际上连菜是什么滋味都没有尝出来。喻思晚在旁边看着，在心里觉得解漫有点像只仓鼠。

好在解漫的祈祷还是应验了。没多久，休息室的门响了三下，一个场务模样的人走进来朝喻思晚低声说了什么。喻思晚站起来，对着解漫做了个让他继续吃的手势，便转身跟着那人出去了。

解漫目送喻思晚出门，门关上后，他顿时自在地呼了一口气，伸手用筷子夹起一团还未动过的杧果糯米饭，糯米被椰浆浸得很饱满，裹着杧果粒。

他把那口饭送进嘴里嚼了两下，被糯米吸满了的椰浆渗出来，不过分甜却很浓郁。杧果应该是从热带空运过来的，散发着水果的自然甜香，混合在米饭里，清新又解腻。解漫被味道狠狠征服，坐在沙发里吃得心满意足。

如奇迹般，喻思晚准备的食盒里的每一道菜，都很合解漫的胃口。

木筷放在架子上发出"啪"的一声，恰巧和墙壁外面传来的砰的鼓声重合了，解漫放下筷子的瞬间被鼓声惊了一下，还没等他反应过来，贝斯的声音便猛地窜了出来，随后，存在感很强的吉他也加入了合奏，一道男声开始跟着旋律唱着些什么。

演出开始了，解漫后知后觉地意识到。

解漫待着的休息室不大，除了化妆镜和更衣室外，就只有几个带锁的柜子、一张茶几和几张小沙发。解漫从耳机里拿出耳机戴上，温柔的女声从声孔里传出来。

休息室的隔音并不是很好，外面喧嚣的乐声通过墙板闷闷地传过来，让他的神思难以跟着耳机里温柔哼唱的人沉静下来。

解漫坐在沙发上，"要不要出去看看"的念头和他耳朵里传来的两道声音碰撞在一起，像在打架——他还从没有看过这种现场演出呢，尤其还是喻思晚的现场演出。

解漫犹豫着，手指不自觉地抠着沙发，布料上出现了深深的褶皱。莫名其妙的，首次聚餐那晚时喻思晚的声音突然在他脑中冒了出来，片刻后，他像是被打败了般，从沙发上站了起来，戴着耳机悄悄地打开了休息室的门，溜了出去。

08

一走出休息室，乐声顿时大了起来。

大概是因为安装了特殊墙体，音效格外好。鼓声、贝斯声、电子琴声交织在一起，近得像在人的颅内演奏。解漫按着进来的路往回走，走到舞台后面的时候，听见人群里爆发出一阵欢呼，接着听到一道熟悉的声音噙着笑意，低低地打了一声招呼："嗨。"

顿时人群中又炸出更响的欢呼声。

是喻思晚，解漫认出了他的声音。他顿了顿，瞄了一眼台上的喻思晚，又瞥了一眼一楼拥挤的人潮，心想还是不要凑这个热闹，便抬眼打起了二楼小看台的算盘。

那里人不算多，最重要的是混在里面不容易被台上俯瞰观众席的喻思晚发现。

解漫贴着墙根，一点一点地朝楼梯挪去。台上的喻思晚例行和来现场的观众打了招呼，又聊了几句，终于在一阵比一阵高的尖叫和口哨声中开始了他今晚的表演。

第一首歌的节奏乍一听不是很好记，而且词很密，但喻思晚却显得游刃有余，抽丝剥茧般把字一个一个地咬住了，用他特别的气息包裹了再吐出来，原本横冲直撞的旋律瞬间变得从容起来。

但解漫满脑子都是怎样才能不动声色地逆着人潮走到二楼，根本无心去听具体的唱词，隔着一层轻轻哼唱的女声，他只能听见喻思晚的声音在沉甸甸地唱着什么。

等解漫费尽力气摸到楼梯的栏杆，喻思晚的第一首歌已经唱完了。他爬上楼梯，在不算太边缘的地方找了一个角落，把自己塞了进去，摘下了一侧的耳机，望向灯光下的喻思晚。

台上的人一曲唱毕，没有像赶场似的无缝衔接下一首歌，而是像和朋友攀谈一般和台下的观众互动起来。

喻思晚是飞行嘉宾，本来就不是这场表演的主角，只是应朋友之约来唱两首歌，因此妆造并没有很夸张。场馆内的温度不低，喻思晚脱了外套，只穿着简约的白色长袖T恤，胸前的口袋里别了一根银链，下摆的流苏给整体休闲的穿搭增添了一丝精致感，配上工装裤，又酷又清爽。

他有意炒热气氛为朋友接下来的演出铺垫，便故意问道："我就唱两首，剩下一首想听什么啊？"

台下顿时七嘴八舌地喊了起来。

喻思晚出道至今，共发过两张专辑，一张主打曲是以末日为背景的情歌，另一张主打曲是他对青春期叛逆的自述。这两首歌是截然不同的风格，处理却同样细腻，自成他"喻式一派"。

即使节奏极快，甚至在伴奏里混入了重金属元素，也依旧可以感觉到深处的柔软。而就在前不久，他刚刚宣布了即将发布的新专辑的主题——一首慢诗，虽然这张专辑尚未有任何先行预告或者 Demo（录音样带）流出，但全新的主题和风格也依旧让粉丝期待不已，也夺得了听众的广泛关注。

他对着麦轻轻"喂"了两下，开口说道："你们太贪心了，都想听啊？"

台下的人齐齐地回他"是——"，接着笑起来。

喻思晚也跟着笑起来，犹豫了一瞬，说道："那，给你们一个惊喜……新的专辑，今天给大家简单唱个 Demo 吧。"

台下的尖叫顿时像要把屋顶掀了。

旁边的吉他手帮忙从台下递了吉他，喻思晚接了过来，在工作人员抱上来的高脚凳上坐下，调整好麦克风。

低下头的瞬间，喻思晚敛起了笑意，突然想起那个被他带去休息室一个人解决晚饭的小可怜解漫。他本来是想陪解漫吃完的，但没想到今天那么堵车，解漫来的时间比他想得要晚，剩余的时间便不够了。

想到解漫气恼的模样，喻思晚的嘴角忍不住再次勾起，手指轻轻地一拨，吉他的声音从音响里流淌出来。

和以往的风格不一样，只有一种乐器作为伴奏的 Demo 曲调更显悠扬。喻思晚跟着调子慢慢地哼着，像在月光照耀下静静向远方奔涌的河流。

解漫站在二楼看台上，听着喻思晚的声音和耳机里轻柔的女声交织在一起，他像被塞壬蛊惑的水手，脚步不由自主地往前迈了两步，从角落里走了出来。顶上的射灯发出的光照到了脸上，他抬手摘掉了仅剩的一只耳机。

"Dancing under the moonlight with nobody（在月光下无人共舞）……

"They're saying I really trust you（他们在说我真的很信任你）……"

两道歌声有一瞬间的重合，但很快解漫就只能听见喻思晚的声音了——他刻意含糊了吐字，唱腔显得迷离。换气的当口，喻思晚抬起头来，眼神不经意地往二楼的看台一瞥，解漫穿着校服的身影撞进他眼里。

09

喻思晚脑袋一空，顿时卡壳了，即将唱出口的唱词顿了一顿，像轻微的结巴。

但他很快反应过来，指尖一动，迅速地换了一个拍子，让那句词听起来更像一段 lay back（唱的节奏比音乐节拍的节奏慢一点）的小设计，添了一丝慵懒的韵味。像要确认什么似的，喻思晚再次抬起眼去二楼小看台上寻找那个身影，顺便不紧不慢地进了副歌。可当他的眼神在看台的栏杆附近快速地巡了一圈后，却没找到目标。

但他不急，反倒沉下心来了，微微低头笑了一下，深吸一口气，下定决心似的开了口。

他嘴里和着的音符突然改了调，故意捉弄人一样，轻轻地开口唱："让我谢谢慢慢的风，慢慢的你……"

正顺着楼梯准备溜回休息室的解漫狠狠一顿，刚刚他还不确定喻思晚是否发现他了，可"谢谢慢慢"的歌词一出来，解漫便知道自己已经暴露无遗了。他脸上烧得厉害，不知道是因为他偷跑出来被喻思晚当场捉住，还是因为台上那人恶劣地将他的名字混入歌词，以半调侃般的口吻哼唱。

他站在楼梯上，背对着舞台，捏着栏杆的指尖用力到发白，进也不是，退也不是。

解漫恼羞起来，先是怪这休息室的隔音太差扰得他不得安宁，再是怪自己抵不住诱惑非要跑出来看某个人的演出，最后还要怪这 LiveHouse 的音响效果太好。怪这怪那，还是敌不过喻思晚的声音钻进耳朵里，和他身体最舒适的节奏渐渐同频。

自暴自弃般的，解漫咬着牙转过身去了。

配合着歌曲氛围的舞台只有几束橘色的暖光亮着，导播不知什么时候放上了干冰烟雾，让整个氛围变得迷离起来。喻思晚坐在舞台中央，抱着吉他，那样瞩目，那样耀眼。

解漫几乎有些羡慕起喻思晚来，羡慕他可以那么闪耀地站在舞台上唱歌，那么流畅自如地和台下的观众互动说话。

挂在领口的配饰随着喻思晚的动作晃动了一下，折射着灯光一闪，把解漫唤醒了。在昏暗里，微妙的情绪会上涌，他反应过来，不肯相信自己刚刚确实陷入了陷阱，顾不得其他，连忙加快脚步向休息室走。

躲得过初一，躲不过十五。

场外的欢呼和掌声再一次传进休息室的小空间里，他听见喻思晚向观众道谢。解漫开始在心里慢慢数秒，数到第 120 下，门响了。没等里面的人应声，门外的人便推门进来了。

是喻思晚。解漫低着头不敢看他。

他会说什么呢，解漫心想，阴阳怪气地批评我乱跑？还是说我这个便宜弟弟又给他添乱？对了，他的演出好像因为我出了一点小岔子。

喻思晚的那句卡壳处理得很及时，外行或许听不出，但解漫学了好几年声乐，自己独处的时候没少练耳朵，不可能听不出来。

他会怪我吗？解漫惴惴不安。

脚步声越来越近，解漫局促地坐在沙发上，余光瞥见了喻思晚黑色的工装裤腿，不敢率先开口，只默默地等待着喻思晚的"审判"降临。

"嗯……"他听见喻思晚的声音，包含着一丝犹豫。

想骂他却碍于重组家庭关系的面子吗？解漫想，无妨的，就算喻莘再怎么说，我应该也只是一个熟人的儿子而已。

"解漫。"喻思晚叫他。

解漫闭上了眼睛。

"你想和我一起写歌吗？"

和想象中完全不一样的问题！

解漫猛地睁开眼睛，一抬头，和喻思晚眼神相撞。

"你，你，不是……你，在邀请我吗？"解漫被吓得连提问都颤颤巍巍。

"对，你考虑一下。"喻思晚干脆利落地说。

坐着喻思晚的车从 TRUE BLUE 回到南洲水岸的路上，解漫一句话都没说。他不肯开口，喻思晚也不好拉下面子再三询问，只是趁着红绿灯的间隙，透过后视镜多看了后座的人几眼。见他的反应像是被自己突如其来的邀约给弄蒙了，喻思晚罕见地反省了一下，思考是不是自己之前把解漫捉弄得有点过头了。

他的态度真有那么恶劣吗？喻思晚暗暗地想，不至于吧。

他承认，他确实存着点少年时的怨言，所以和解漫重逢时，才故意怪声怪气地和他讲话。但看见解漫被他三言两语堵得面红耳赤，在报复得逞的小小快感之余，他也慢慢发现且了解了这人的可爱之处——解家的独子、成绩优异的好学生、不禁逗的弟弟、吐字有点慢吞吞的小结巴。

回到家门口的时候，时间已经接近了深夜十二点，喻思晚怕扰民，没出声，只抬手敲了一下声控灯的感应器，等灯亮了便掏出钥匙开门。他先探进半个身子开了玄关的灯，接着退出来，示意解漫先进去。

解漫看向他，点了点头，抬脚换了拖鞋走进去。喻思晚跟着他的步伐，把门关了，背对着解漫锁门的时候开口："如果不想，今晚我说的话可以当作没听——"

"想。"

喻思晚怔住了，一时没出声，解漫便又补充道："我想。"

喻思晚回过神，转过身去，还没来得及开口说点什么，就看见解漫跟只被踩了尾巴的小猫一样，窜向自己的房间，只留下了一个背影。只不过这只小猫的背影并不算太潇洒，因为逃跑途中他还意外落下了一只拖鞋。

喻思晚被逗笑了，无奈地走了过去，把那只拖鞋捡起来放好。

当夜，解漫再一次失眠了。耳机里循环播放着《What A Wonderful World》，以往这首歌只要循环三遍，他就会进入睡眠，可今晚它都循环播放三十遍了，解漫依旧那么清醒。他听着听着，第一次觉得这个世界并不是那么美好，至少在他隔壁就有一个喜欢调侃人、戏弄人的混蛋。

⑩

周天早上九点，喻思晚拎着解漫昨天遗失在玄关的拖鞋敲响了他的房门。

解漫被动静吵醒，以为是解华峰回来了，便赤着脚，顶着泛青的眼眶和戴了一夜忘记取下的耳机开了门。看见喻思晚的那一刻，他的瞌睡虫顿时全部飞走了，比十罐咖啡都要管用。

耳机里的女声不知疲倦地唱："And I think to myself, what a wonderful world（我心想，这是多么美好的世界）……"

喻思晚见到解漫，举了举手里拿着的笔记本，晃了晃："早，我来找你写歌。"

解漫感觉曾经隔在他和喻思晚之间的什么东西像是在一夜之间碎掉了，让他自在很多。他拉开窗帘，觉得屋外的阳光都格外明媚耀眼。他先把喻思晚赶走，等自己胡乱解决了早餐后，再敲开了喻思晚的房门。

房间里还是和他上次进来送水果时一样的装潢，只不过放吉他的飘窗旁边多了一块解漫没见过的地毯，喻思晚领着他走过去，让他坐在毯子上。

"为什么，想，想找我写歌？"这次解漫率先开口问道。

"之前解叔不是说过你声乐不错，一直没机会了解，"喻思晚避重就轻，"想约歌就约了。"

解漫不说话，只是用一种明显不信任的目光深深地盯着喻思晚。三分钟的对峙后，喻思晚败下阵来。

他只好实话实说："昨天晚上在 TRUE BLUE 演出，唱第二首歌的时候，我看见你了。"

"被你吓了一跳，卡壳了一下，我不信你没听出来。

"为了救场，我即兴发挥了一下，突然发现 lay back 也很契合主题，又想到你……"

他说到这里突然不说了，倒是解漫微笑了一下，开了口："想到我结巴？"

喻思晚顿了顿，想承认却又怕解漫误会，思考片刻后还是点了点头，但他又快速地开口解释道："我不觉得它是瑕疵，相反我认为它是点睛之笔。在所有接连往复、不断向前的音符中，加入一个小小的顿号……"

"解漫，"喻思晚叫他的名字，"这是你给我的灵感，所以我想邀请你和我一起创作。"

他望着对方的眼睛，静静的，不说话，就像半年前在南洲水岸的门前那样，只是两人之间的气氛截然不同。

喻思晚自动忽略了自己在 TRUE BLUE 门前从解漫眼睛里看见的、对音乐的渴望和心动，假装不知道他因为单亲和结巴吃过的那些苦，只是忽然放弃了捉弄的心思，想把这个单方面认识了很久的"便宜"弟弟捧在手里，好好地安慰，让对方也和十八岁就开始玩音乐的自己一样，再次燃起眼底的光。

沉默良久，解漫终于轻轻开了口："好，那，那你和我说，说一下你的想法。"

直到天边的云彻底把太阳的光线吞噬，解漫才从满地的废稿里站了起来。

"先写到这里。"解漫说，"要，要回学校了。"

"我开车送你。"喻思晚接道。

解漫没拒绝，点了点头。

傍晚校门口的车尤其多，临近路口，解漫示意喻思晚停车："里，里面车多……我，我自己走进去。"

喻思晚也不客气，说了声"好"，就把车停在了路边。

解漫打开车门，半只脚刚迈下去，便听见喻思晚的声音再次响起："放学以后，我来接你吧。"

"嗯。"解漫点头，走出车厢后又弯下腰，塞了一张折起来的便签到喻思晚手里，接着利落地关上门，背着书包拐进了路口。

车载音响里播着解漫连接蓝牙后播放的曲目，沉静的女声温和地唱着。

喻思晚打开便签，上面是解漫漂亮的字迹：如果你也愿意，歌名就叫《慢慢即漫漫》。

"Yes, I think to myself, what a wonderful world（是的，我心想，这是多么美好的世界）……"

听着歌声，喻思晚轻轻地笑了一下，从车内的储物箱里摸出一支笔，在便签上打了一个钩，接着把便签折起来，放进了外套的口袋里。

他拉开手刹，踩着油门，将车驶入晚高峰的车流中。

在《What A Wonderful World》的末尾，轻轻地接唱起了《慢慢即漫漫》。

End

Hiding

观察癖好好先生影帝

Vs 脸盲症高级猎手新人演员

Hiding

文/钟意你

欲盖

弥彰

这一次，他们还有无数个日出可以看。

in plain sight

欲盖弥彰
Hiding
in plain sight

文/钟意你

梦想是做一条可爱咸鱼，吹风晒太阳睡觉，每天都在为此而努力。微博@钟意你-y

·01

季青屿有些困倦地微转手腕看表，时针已经擦过数字10，晚宴却丝毫没有要结束的意思。

他刚刚拿了演艺生涯中第二座极具分量的金奖奖杯，在台上大方得体地感谢来自四面八方的人士，滴水不漏的话术让人挑不出毛病。颁奖是现场直播，这边他的发言还未结束，那边粉丝已经把"季青屿高情商"这个话题刷上了热搜，团队看了后顺势推波助澜一波。

他热爱演艺事业，也希望用奖项来证明自己，但并不热衷参与颁奖结束后目的性颇强的晚宴。此次团队对他千叮咛万嘱咐，晚上有个投资方想见一见他，这个结果关系到他个人工作室的发展。季青屿这才愿意留下，参与后续活动。

投资人的行程十分繁忙，晚宴过半也未现身，经纪人打电话过去，对方助理只说遇到点突发状况，现在正在往会所赶。

季青屿从长桌上端起一杯香槟，走到角落处的沙发上坐着，巨大的装饰物和窗帘将这个角落挡了大半，也算是个能偷懒的地方。晚宴并不对外开放，娱乐记者们也无法入内，他不必担心被拍到这副不合群的疲惫样子。

他坐在阴暗处观察这热闹的聚会——名不见经传的小演员们铆足了劲在制片导演面前自荐；大明星们忙着联络感情，互相口头邀约聚会或是活动。他的视线扫过一张又一张熟悉或陌生的脸，娱乐圈中的俊男美女多不胜数，漂亮得各具特色，他认认真真地看着，目光中却不掺杂丝毫别的心思，仿佛只是在欣赏艺术品。

季青屿十分喜欢观察其他人，他热衷于透过对方的仪态神情、服装配饰去推测这个人的性格与当前的状态，甚至是脑补对方的过去。但他从不打扰和冒犯被观察者，亦不会通过不光彩的手段求证自己的猜测是否正确。

但有唯一一个例外。

那是在早些年的一次海边拍摄时，他曾经遇到的一个冲浪少年。

从季青屿的角度看过去，穿着泳裤的少年几乎要与大海融为一体。风裹挟着浪袭来，激起阵阵白沫，少年踩着冲浪板如游鱼般穿梭在海浪中。

季青屿的目光一直追随着他，看着他极具耐心地蛰伏，抓住转瞬即逝的机会征服海浪。那份游刃有余的样子让季青屿无比艳羡。

他从学生时代起就一直想尝试冲浪，可几次实操都不得要领，最后一次甚至受了伤，恢复后被经纪人明令禁止再去干这么危险的事情。

在季青屿拍摄候场的间隙，少年带着冲浪板返回，有那么三四分钟的时间，他就这样闯进了季青屿的眼中。

大多数人偶遇电影拍摄，即便参演人员不是自己喜欢的明星，也想要凑近看看热闹。可少年似乎对这些毫无兴趣，他并未抬眸，像是故意要躲避刺眼的日光。少年皮肤泛着暴晒后的红，上面还有未擦拭干的水珠，闪烁着细微的光，带着一份夏天独有的气息。

偶尔抬头看路的间隙，他也未分给拍摄现场丝毫注意力。少年仅仅穿着略微被海水浸湿的白T恤，季青屿却可以就此脑补出他参演电影的各种场景。

一只黑猫突然从一旁的矮墙上跳下，少年为了躲避它稍微错身，视线正好与季青屿的视线在半空中交融。但他很快波澜不惊地错开，仿佛只是看到了个无关紧要的路人。

季青屿脑子里那套已成系统的分析模式却在此刻出了故障，他发现自己无法对这个少年做出任何判断，那是他唯一一次萌生出想要认识这个被观察者的想法。可少年并未给他机会，他像一尾神秘漂亮的银鱼，惊起巨大涟漪后迅速消失不见。

生平第一次，他想要打破自己的原则，几番天人交战后，季青屿决定追上那个即将消失在拐角处的少年，可场记却在不远处叫住了他，提醒他下一场的拍摄马上开始。

季青屿晃神两秒，意识很快回笼，他调整好状态，跟着工作人员一起进屋。

这样的冲动与冒失，实在不像他。

拍摄结束后，季青屿立马在渔村四处寻找，试图与少年再次相遇，可一连好几天都无功而返，直到杀青离开，他也没能再次见到那个少年。

往后的这几年，他总是时常想起那个少年，季青屿会在脑子里构想无数种身份场景，使得少年的形象更加丰富饱满。可越是如此，季青屿越想再次见到他。久而久之，少年成为他心中一道难以言说的执念。

季青屿摇摇头，将思绪扯回到晚宴现场，不远处的经纪人景姐似乎刚刚打完电话，终于面露喜色地朝他走来，景姐凑近他，压低了声音："走吧，人到了。"

他起身跟着经纪人走出宴会厅，搭乘电梯前往楼上预订好的包厢。季青屿没有想到事情的进展会如此顺利，对方给出了极具诱惑力的条件，对他提出的唯一一个额外要求，是希望他能接下一部悬疑题材的双男主电影。

虽说是双男主，但给季青屿的那个角色，严格来说是个反派男二。

导演陈珂在业内极具盛名，让季青屿一炮而红的成名作，便是出自陈导之手。剧本本身也是改编自经典畅销小说，要是放出选角消息，必定是各家争夺的资源。可已敲定的另一个男主却是个毫无经验和作品的新人，其中意味不言而喻，这是要择新人。

景姐的表情变了又变，不甘心自家艺人给人做配角，况且这个角色颇具争议，算不得是讨喜的人物。她隐晦地打探起男主的情况，想知道还有没有回旋的余地。

对方哈哈大笑，只说一切为了电影，选角也是为了贴合原著，那个男孩虽是个新人，却是块璞玉，就看季青屿能不能做个雕玉人，交出最完美的作品。

季青屿并未犹豫，当即答应出演。他并不执着于番位，这本出版于十五年前的悬疑小说一度是他最喜爱的作品，能够参与影视化已经足够令人开心，更何况是与有知遇之恩的导演再度合作，最重要的是——出演的角色自己也很中意。

⌐•02⌐

他饰演的角色叫李彬，是个长相帅气却有着偷窥欲的出租车司机，他最近盯上的对象是居住在林荫路嘉讯小区的肖明月。

青春靓丽的肖明月刚刚大学毕业，在距离嘉讯小区五公里的游戏公司做设计师。她生活作息紊乱，总是大半夜灵感如泉涌，每每都是凌晨两三点才睡觉，为了不迟到，第二天只能打出租车上班。

李彬有些洁癖，每天收工后都会仔细整理自己的车，车内的味道和整洁度比一般的出租车好上一大截，李彬本人也十分会察言观色且健谈，因此很受乘客的喜欢。

肖明月坐过一两次李彬的车，在交谈中得知李彬刚好也住在这个小区，于是二人商定工作日早上都由李彬接送她上班，谈妥了价格，也不必再打表计费。

这样一来二去，两人逐渐熟悉起来，关系也愈发亲密。

肖明月自幼父母离异，抚养她长大的外婆也在几年前离世。她的父母各自又再婚重组家庭，她同父异母、同母异父、异父异母的兄弟姐妹加起来有七八个，孩子一多，根本没人在意她，大学毕业后她千里迢迢来到这个陌生的南方城市自立门户。

每天晚上，李彬都会躲在窗帘后用望远镜观察对面的肖明月，默默地看着对方，等到白天再像个知心朋友一样，倾听肖明月的一切烦恼。到了周末，李彬会带着没什么朋友的肖明月外出游玩，肖明月喜欢户外运动，李彬就带她去看山涧小溪、怪石溶洞。

一段时间后，李彬对肖明月逐渐失去了兴趣，可肖明月却爱上了他，想要和他谈恋爱。

面对少女告白后羞红的脸与躲闪又明亮的眼睛，李彬勾起嘴角，笑得意味不明。

"这么喜欢我啊？"他伸出手轻抚少女的脸庞，低头在她额头上落下轻轻一吻，"你什么事情都愿意为我做吗？"。

肖明月被这个吻冲昏了头脑，傻傻地点头以表心迹。李彬说心疼她上班辛苦，那样强度的工作是在透支生命，于是肖明月辞去工作。李彬总是在肖明月和父母打电话后有意无意地戳她讳莫如深的痛处，于是肖明月相信父母并不爱她，只是在算计她的钱，想要她养弟弟妹妹。肖明月和父母本就微妙疏离的关系变得更加岌岌可危，发展到后来，她甚至和家人决裂，断了联系。

李彬为她打造了一个由温馨和爱意构成的鸟笼，兵不血刃地切断她与外界的联系。

三个月后，肖明月坠楼身亡，闻讯赶回的李彬痛不欲生地跪地痛哭。起初，他被列为重点嫌疑对象，可却又拥有近乎完美的不在场证明，这其中只有一点小小的纰漏——他一路躲避摄像头与行人回到车上的途中，曾经与一个少年打过照面。

最终肖明月的死被认定为一场意外，李彬处理完她的丧事，以忧思过度为由离开了江市。

这一次为了便于寻找新的目标，他当上了一名快递员，每天穿梭在各个公寓与写字楼之间。

这天李彬如往常一般敲响住户的门，快递单上的信息告诉他，屋内的人叫陈煜。开门的少年笑着与他打招呼，从李彬的手中接过快递，而李彬却有一瞬间恍惚失神，在对方不解的眼神中立马稳定思绪，公式化地与他告别。

他转身进入电梯，门合上的那一刻，李彬和善的眼神骤然转变。

这个陈煜正是在江市与他有过一面之交的目击证人，为何他也来了昌市？可是看他的样子，似乎对自己没有任何印象。

李彬在脑海中回忆着陈煜那张清俊、友善的脸，心中第一次萌生了不一样的好奇心。

现在，不管陈煜到底看到了什么，记不记得自己，统统都无所谓了。

陈煜必须是他的下一个目标。

电影从两个人的重逢开始拍起。

开机仪式上，新人演员并未出席，导演向媒体解释是为了保持神秘感。即使经纪人景姐颇有微词，季青屿依旧给足了导演与投资人面子，得体地回答了所有的采访问题。

第一场戏并没有季青屿的戏份，可他仍旧敬业地前往片场进行观摩。陈导坚持实景拍摄，不到万不得已绝不进棚，季青屿一大早驱车赶往墓园，那边已经开拍。

已是初冬的时节，人工降下的倾盆大雨中，季青屿只能看见一个清瘦的少年穿着单薄衬衣与黑裤跪在台阶上。少年将一盆盛开的雏菊放在正中间，随后额头抵着墓碑，耸动的肩膀与下榻的腰肢显示着角色的悲痛。

季青屿觉得雨中的背影有些眼熟，像是在哪里见过。

陈导连拍三条，才喊"咔"示意收工，候在一旁的助理立刻拿着毯子和羽绒服上前裹住少年，一同往季青屿身旁的保姆车走去。

等到看清少年的脸，季青屿的呼吸骤然急促。相比于三年前海边初遇时的模样，此时少年的稚气全部褪去，身形也愈发修长，身高已经和季青屿不相上下。

像是找到失而复得的宝藏，季青屿一直以来缺失的那一角遗憾终于被填满，这一次他必定不会再错过。

他按捺住思绪，正准备上前和对方打招呼，对方却似乎没有看到他，毫无停下的意思。反倒是助理拉住他小声开口："晏回，这是另一位男主季青屿，季老师。"

少年这才转身回头，笑着向季青屿问好，顾及他浑身湿透，季青屿并未多说什么，让他赶紧上车换件衣服。

十分钟后，陆晏回换好衣服，吹干头发，与季青屿正式交谈了起来，季青屿这才明白为什么制片说他是块贴合角色的璞玉。

戏里李彬之所以并未在重逢之初就对陈煜表露恶意，是因为他发现少年患有中度面容失认症，俗称脸盲症。他的脑部双侧枕颞联合区受损，甚至无法辨认出亲人和密友的脸，更别提只有一面之缘的李彬。

而戏外的陆晏回同样患有脸盲症，除了少数亲密的家人和朋友，他唯一相熟的就是身边这个跟了他七年的生活助理。导演陈珂和他父亲是挚友，二人经常在家中小聚，陆晏回硬是花了好几年时间才靠着那头披肩卷发记住了陈导。

季青屿想起坊间一个捕风捉影的八卦，说陈导数十年如一日留着标志性的披肩卷发是为了纪念某位恋人，一时间没忍住，"扑哧"笑了出来。他这副表情勾起了陆晏回的兴致，于是季青屿将这个八卦讲给他听，陆晏回跟着他一起笑，全然不是当初在海边时的淡漠样子。

二人相谈甚欢，颇有相见恨晚的意味，直到助理过来叫人，说今日的戏份差不多已经拍完，导演准备收工。季青屿才恍然发现已经过去了两个小时。

他正要走，却被身后的陆晏回叫住，对方跑回车上，没几分钟便带着个小盒子出来，走到他跟前，从里头拿出一条精致的镶玉手链。

季青屿并不识料，仅凭门外汉的眼光看去，这玉温润清透，沁着一层脂调，主玉虽不足指甲盖大小，雕刻得却十分精细复杂，定是价值不菲。

他有些疑惑地看向陆晏回，对方已经伸手捉住他的手腕。冰凉的触感从腕骨传至大脑，少年笑得真诚："季老师，我认人有些困难，咱俩这几个月就是捆绑关系了。这手链图案好看吗？我设计的。你别取下来，在我记住你之前，就靠它分辨季老师啦。"

这个理由过于冠冕堂皇，季青屿没法拒绝，只能点点头。他不动声色地扫过陆晏回戴着腕表的手腕，第二天他就让助理去订了块同品牌的限定款，打算当作回礼。

·04

虽然是个初次参演电影的新人，陆晏回的演技却一点也不青涩，甚至能接住其他几位老戏骨的对手戏。季青屿对他的欣赏又多了几分。

原本李彬送货的小区并不固定，他与另外两个同事负责整个片区，三个人轮流着来。李彬为了紧盯陈煜而搬了家，送这一条街的快递顺理成章地成了他的活。

他私下里请两个同事吃饭，三两杯酒下肚，红着眼讲自己这几天给不少高中生送录取通知书，想起当年自己犯浑，不好好读书，现在肠子都悔青了。

同事们宽慰的话还没讲出口，李彬又话锋一转，脸红着说自己有个不情之请，他想一边打工一边自学参加考试，圆了自己的大学梦。

两个同事面面相觑，李彬又长臂一挥郑重开口："能不能求二位大哥一件事，我只送这几个小区的快递，其他的劳驾你们。以后我的工资我只留一千五，剩下的分给二位大哥，就当是帮帮我行吗？"

两个同事都是老实巴交又讲义气的中年人，担着养家糊口的重任，也操心自家孩子的学业。李彬这一套组合拳打下来，情利兼施，二人的情绪被牵动着走，当即答应他的请求，直言会尽力帮他。

在李彬给陈煜送了半年快递以及无数次"偶遇"后，陈煜终于记住了他。陈煜的病使他在生活中有诸多不便，李彬经常做他的人脸识别器。

在陈煜生日这天，他邀请李彬一同去昌市有名的景点东湖看日出。李彬起了大早赶去，陈煜似乎已经坐在那里多时，他快步走过去，清晨和煦的风带着陈煜淡淡的声音飘进李彬的耳朵："你来啦。"

"你怎么知道是我？"他走过去与陈煜并排坐在长椅上，没忍住提出自己的疑问，陈煜背对着他，自然不可能看见。可要说是凭听脚步认出的，那难度未免也太高，来东湖看日出的人有许多，讲话的工夫，身后便经过了三四个路人。

"气味。"陈煜转头看向李彬，"其实很多时候，我是靠气味分辨人。"

在陈煜看不见的地方，李彬的手指紧紧抓着裤脚，在微凉的日出未至时分，他的后背却沁起一片细碎汗珠。

李彬闻言挑眉，做足感兴趣的样子，气定神闲地问他："这么神奇吗？每个人的味道都不相同？那我是什么味道？"

陈煜的身后是东升的旭日，暖黄的光洒在他身上，少年看向李彬，认真回答道："烈酒、棉絮、冒险的帆船。"

"咔！很好，准备一下转场。"监视器前的陈导满意地看着镜头，和副导聊了起来。

季青屿仍沉浸在戏中，他很想问陆晏回，你又是靠什么独特的方式记住一个人？

这些天他借角色之便，抑制不住地观察着陆晏回。这人喜欢吃辣，喜欢喝气泡水，十分孩子气，紧张的时候，耳朵会不自觉地抖动，还喜欢叫他季老师，爱找他讨教各种问题。

初遇时，季青屿以为陆晏回是孤傲冷冽的鲨鱼，熟悉后他的反差让季青屿像是拆到了隐藏款盲盒，原来鲨鱼外皮下是只可爱的海豚。

回去的路上，他从兜里掏出手链戴好，这是季青屿最近养成的习惯。拍戏时为了服从人物造型，他并未佩戴。

收工后陈导叫上两人一起去吃饭，席间陆晏回去洗手间，季青屿拿着刀叉拆海蟹。蟹壳坚硬，他不得要领，靠着蛮力硬碰硬，手上的动作也大了许多，晃动间露出被衣袖遮住的手链。小酌的陈导不经意间一瞥，杯中酒差点洒出来。

"小陆给的手链？"

"第一次见面的时候他送的，让我戴着，方便他认出我。"季青屿不再与蟹较劲，点头应答陈导的话，"您比我更了解他，我想回个礼，晏回平时喜欢什么您知道吗？上次送他的那块表，他好像不太喜欢。"

陈导将杯中的酒一饮而尽，想了想还是开口："小陆的病很难治，大了倒也还好，他小时候才是遭罪，那么多张脸，他一张也认不出，明明是见过千百次的人，一转眼又变成陌生人。他五岁的时候走丢过一次，陆家花了大力气才找回来。老爷子带着他三步一叩去了宝莱寺，求了高僧又重金寻玉，最后请隐退多年的老师傅出山，雕了佛牌和两个小件。小件一个是九曲连环路，环山绕水，一个是人立在岛中央，老师傅的说法是这样能长长久久地守护他的平安。你手上戴的这个，是其中一个小件。"

季青屿呆愣在座位上，陈导看他失神的样子轻咳一声："这都是过去的事情了，小陆现在长大了，对这个病也有了一个比较好的解决方法。你别太放在心上，说不定是那孩子跟你有缘，送你个见面礼，陆家可不缺这点钱。"

紧贴动脉血管的玉突然变得炽热起来，季青屿是谁，他是颜值与演技齐飞的新生代影帝，是娱乐圈公认的好好先生，他优秀而自知，他担得起这份特殊的欣赏。

可当欣赏他的那个人变成了陆晏回，这便不是一回事了。

·05

电影的后半段，主角二人的关系发生微妙变化，李彬逐渐失去了这段关系的掌控权，深陷其中，难以自拔。

在一同逛过植物园后，陈煜突然爱上了养花，他在阳台上种下大片雏菊。等到雏菊花开，他约李彬来家里看花。

"为什么要种雏菊？植物园里有那么多漂亮的花。"

"没有什么特别的原因，大概喜欢它生机盎然。这盆开得最漂亮，送你了。"

二人坐在阳台上晒着太阳，风也和煦，花叶芬芳，李彬抬头看着被高楼分割的天空，又扭头看看躺在摇椅里的陈煜。这样宁静的光景，是他不曾有过的体验。他在想，如果他没做过那些事，是不是就能更加坦荡地与陈煜做朋友。

他很想冲到陈煜面前将一颗心剖露，又想到自己深渊般的过去，于是只能将对方送给自己的那盆雏菊放在窗边，每日尽心尽力打理。

他已经许久不曾用望远镜窥探过住在对面的陈煜，可陈煜前段时间回了趟老家，随后几次找理由拒绝了他的邀约。

他按捺不住思绪，从床下掏出设备组装了起来。

对面的陈煜看起来情绪有些低落，拿着水壶站在阳台上，他的心思显然不在花上，不然也不会任由大半壶的水浇进了同一盆花里。

李彬看着他转身走进房间，下一秒手机突然响起，陈煜最喜欢的那首歌从听筒中传出，打破黑暗中的静谧。李彬从床上捞起手机，来电显示陈煜的名字。他一边接起电话，一边有些不放心地凑近望远镜想要继续观察对方的情况。

可他从望远镜中看到陈煜直直望过来的视线。从未有过的慌乱感席卷全身，一瞬间李彬头皮发麻，仿佛被千万只蚂蚁啃噬。

他是成熟老练的猎手，他是能逃过所有追捕的狐狸，可如今他连带着自己最卑劣的秘密，无处遁形。

听筒里传来陈煜的声音："你也在看流星吗？气象预报说今晚有流星，你也太不够意思了，有望远镜也不叫我，我可以去你家一起看星星吗？"

李彬不知道自己回答了什么，只知道半个小时之后，陈煜敲响了他的房门。

在开门前，他慌乱地调整了望远镜的方向。门外的陈煜手中提着啤酒与卤味，二人心照不宣地坐在窗边，一个不问为什么知道我住你对面，一个不猜为什么那人要偷窥自己。

陈煜没有撒谎，当晚真的有接二连三的流星划过夜空，人们纷纷来到窗边，还有人直接上了阳台，小区十分热闹。

陈煜问他许愿了吗，李彬点点头，随后他笑着说："我已经梦想成真。"

下一句他并未说出口：恒星已经触手可及。

陈煜突然一本正经地说道："流星是指运行在星际空间的流星体——通常包括宇宙尘埃和固体块等空间物质——接近地球时被地球引力吸引，在高速穿越地球大气层时发生电子跃迁所产生的光迹。"

"嗯？"李彬不知道陈煜为什么突然念起了百科介绍。

"流星被地球吸引，用毁灭为代价换一次途经，向它们许愿怎么会如愿以偿呢？"

伤感的情绪并未维持太久，下一秒陈煜又扬起元气的笑容："我们明天去看日出吧，再去一次东湖。"

李彬当然不会拒绝,当即答应他的提议,当晚陈煜并未回家,李彬将床让给了他,自己蜷缩在沙发上。

第二天凌晨他便被叫醒,一睁眼映入眼帘的便是陈煜带着笑意的脸。他说:"你快起来,我用你冰箱里的食材做了早饭,吃点儿,我们马上出发。"

李彬揉了揉僵硬的腰与腿,沙发有些狭窄,他睡在上面难以翻身。可这一觉他睡得极沉,他已经许多年没有这样好眠过。

吃过热气腾腾的西红柿打卤面,两人打车到了东湖,厚重的云彩遮住太阳,甚至隐约有了要下雨的意味。

乘兴而来失望而归,李彬安慰着陈煜可以过几天再来,还有无数个日出可以看。

可是,他们不会再有无数个日出可以看了。

走出电梯的那一刻,数十个便衣围住了两人,陈煜被迅速拉出,送至安全地带。李彬原本还要挣扎,可当他看见陈煜的眼中毫无惊慌震惊之时,一瞬间心如死灰,电光石火之间,他想通了所有事情。

想来昨晚的卤味里应该是下足了安眠药。

在被带走之前,陈煜对他说了最后一句话——

"你的气味,是破抹布、下水沟、腐烂番茄的味道,让人作呕。"

李彬看向他的眼神,有无处遁形的羞愧,有浓烈难化的困惑,有如释重负的坦然,唯独没有恨意。

很久之后李彬才知道,他的嫌疑从未被洗脱过。

他自以为藏匿得天衣无缝的纪念品,在那个陷入熟睡的夜晚,被陈煜悉数翻了出来。

陈煜幼时父亲再婚,继母带来一个姐姐,叫肖明月。二人曾经共同生活过几年,直到肖明月外出求学。

杀青的那天，工作人员为二人送上鲜花与蛋糕。陆晏回的情绪一直很低落，季青屿一看便知他仍未出戏，没有出戏的不止陆晏回，他自己也还沉浸在最后一场戏里与陈煜分别的情绪中。

聚会结束后，季青屿开车带着陆晏回直接去了机场，买了最近一趟去往沿海城市的机票，而陆晏回对这场突如其来的旅行没有任何异议，乖乖地跟着他去往未知的地方。

季青屿带他来到一片并未商业化的海滩，多年前他曾在这里录制过一个户外综艺。他们找了许久，终于在一众泳衣店里找到一家出租冲浪板的店铺。配置好装备，他们一同往大海走去。

"季老师也喜欢冲浪？"

"喜欢，但是技术不行，你去吧，我想看你表演。"

这句话一说出口，陆晏回像是听到冲锋号角的战士，势必要征服那片海洋。

陆晏回的冲浪技术相比于三年前更胜一筹，季青屿在一旁看得心痒，在少年的邀请中他抱着冲浪板欣然前往。陆晏回做了他的私人教练，耐心指导他如何保持平衡。摔过几次后，季青屿终于摸到门路，二人玩到尽兴，索性躺在沙滩上看一场海上日落。

夕阳染红海面，陆晏回扭头冲着季青屿笑："听说季老师下部戏是古装剧，缺侍卫或是小厮吗，你看看我怎么样？"

按照陆晏回的家世背景，他父亲和陈导又是世交，缺什么都不会缺资源，怎么看都不像是会真跟着他去电视剧里跑龙套的模样。

"你喜欢演戏？"

陆晏回摇摇头，又点点头，最后在季青屿困惑的神情里说道："我喜欢跟季老师一起演戏。"

季青屿只觉得一时间有些无措，伸手去拿放在一旁的椰子，视线落到手腕上，他为这样的反常找到了合适的理由。

陆晏回应该是喜欢演戏的，但是他情况特殊，很难在这一行里走远，总不能拍一部戏就送个贵重私人物品出去。再加上他是陆晏回的第一个对手搭档，对方大概是有些雏鸟情结。

二人疯玩了几天，陆晏回的情绪明显好转，季青屿行程繁忙，在景姐的不断催促下只得返回。

季青屿与陆晏回私下里又聚过几次，等到了年底，活动一多，两人再也挤不出时间，只得寄希望于电影发布会。

电影发布会上，两位主演和一众主创们悉数到场，媒体记者在看完点映后纷纷提问。有记者问陆晏回："电影里的陈煜形容李彬的味道是破抹布、下水沟和腐烂的番茄味，那现实当中你觉得季老师是什么味道呢？"

少年举起话筒毫不犹豫地回答："红苹果、松香、十七岁盛夏的海滩。"

"真是特别的形容。二位的初次合作十分精彩。"

记者并不懂得其中的含义，可季青屿懂得，他顾不得台下聚光灯闪烁，目光直直地望向与他隔着两三人的陆晏回。此刻少年放下了话筒，正与他视线相对。

红苹果。在季青屿参演的第一部作品里，他饰演出场次数极少的男五号，一个靠贩卖红苹果为生的辍学少年。

松香。在季青屿初具锋芒、作品爆火成为预备一线演员的那段时间里，他接到了从艺生涯中第一个高奢代言，成为该品牌系列香氛的全球代言人，他最喜欢的那款香水，尾调是松香。

十七岁盛夏的海滩。这是他与陆晏回初次相遇的时间与地点。

他听懂了。

⌐•07⌐

他有太多疑问急需得到答案，于是后半场发布会上，季青屿难得地出现纰漏，好在媒体记者们大多与他相熟，并未抓着这点失态不放。

终于等到散场，季青屿将人抓到车上，听他讲在台上未宣之于口的后半段。

"你是我在混沌世界里，唯一初次见面就容貌清晰的人。"

其实在当时视线相交的那一刻，陆晏回已经捕捉到季青屿不同寻常的打探，那样的眼神，实在不是看陌生人该有的。

他好像对自己也很感兴趣。

这样的认知让陆晏回十分激动，面上却还要做出云淡风轻的样子。

陆晏回告诫自己，眼下不是认识他的好时机。彼时他的病情加重，好不容易搭建起的认知模式崩塌，连亲友的脸都开始模糊。他来这里冲浪是为了放松心情，隔天就要去接受治疗，遇见季青屿实在是意外之喜。

海滨初遇后，陆晏回将此事告知医生，他遇到了一个能让他记住脸的陌生人。

那时候的季青屿虽谈不上爆火，但也出演过几部口碑颇高的电影，找到他的消息并不算是什么难事。

陆家甚至想直接把季青屿请来配合他治疗，陆晏回想也没想就拒绝，他害怕季青屿觉得自己是个怪胎，更害怕打扰到季青屿。

出国接受治疗期间，他找来了所有季青屿的作品，在一众无法认知的面庞里，他只能看到季青屿的喜怒哀乐。

这次的治疗依旧不顺利，收效甚微，毫无好转，现代医学依旧无法攻克这项难题。陆晏回对此没有太多失望，毕竟他已经等到了属于自己的奇迹。

回国后他一直关注着季青屿的动态，不知道该如何与他相识。

给他个代言？太功利。

让圈里的朋友介绍？太刻意。

怎样都不是陆晏回喜欢的方式。

直到那天陈导找上门，说希望他能出演新剧的男主角，那是一个十分贴合他情况的角色。

他拒绝了邀约。虽然已经坦然接受认知障碍，但他并不想与外人有过多接触。可陈导又和父亲提起，圈里有个他十分看好的演员正在转型，刚刚从经纪公司独立出来，成立了自己的个人工作室，投资方面还有很大的可介入空间，可以去了解一下。

陆晏回听到了那个熟悉的名字。于是他当场反悔，只要搭档是季青屿，他就愿意参演。

"能和季老师参演同一部影片，对我而言是一段独特的经历。哪怕在百年之后，这部影片也能留下印迹。"陆晏回伸出手，把手放在季青屿的手边，他手腕上的手链与季青屿的手链并置，恰如迷失的旅人找到归途，"季老师，签我进你的工作室吧，我便宜好用又敬业，只是不能离你太远，要麻烦季老板多多照顾，安排点在你身边的角色。"

季青屿那套在他身上失灵的、混乱的分析系统终于再次运转，他得出结论：这是他命中注定的一生挚友，他们的相遇，便是无与伦比的礼物。

他点点头，多一个小跟班，好像也不错。

End

Hot

叛逆坏脾气高中生

Vs 温柔包容沉默艺术生

灼

夏

文／植物课

他一来，好像酷暑也变得没那么难以忍受。

灼夏

Hot summer

文／植物课

01

路尧第一次遇见江因，是在他常去的那个破破烂烂的小诊所里。

宛城是个小城市，是那种广告牌掉下来砸到十个人有八个互相都认识的地方，老城区没什么像样的大医院，只有一个水平还过得去的老卫生院。

路尧不想给自己没完没了地找麻烦，从开始跟路明辉对打的那天起就没再去过医院，而是找到了小巷子里的一家"苍蝇"诊所，在那里用很低的价格包扎和买药。

小诊所里只有一个医生，性格散漫，没个正形，他声称自己医术不精，只能看点头疼脑热的小毛病，但嘴硬心软，给路尧包扎的手法又专业得莫名其妙。

时间一长，路尧就老爱往那边跑，也没什么特别的理由，就是觉得在那里比在家里待着更自在些。

那天他照旧跟输了钱后骂骂咧咧回家的路明辉打了一架，脸上挂了彩，考虑到周一还得上学，脸上带伤不好跟班主任交代，路尧还是选择绕远路去了小诊所。

结果他白跑一趟，医生不在，诊所里坐着个他不认识的人，穿着白T恤和牛仔裤，安安静静地坐在椅子上画画，看起来像走错地方的小白兔。

路尧没兴趣和陌生人搭话，原本想直接走，但脸上的伤火辣辣地疼，他只好又龇牙咧嘴地转身折返，敲了敲半掩着的门："江医生在吗？"

那人抬起头，露出一张年轻而白净的脸。

五分钟后，路尧发现他和胡子拉碴、满脸沧桑的江医生居然真有点微妙的相似。

彼时江因已经用在素描本上写字的形式介绍了自己和江医生之间的关系——他是江医生的侄子，刚从老家过来准备考试，今天恰好过来帮忙，又不巧被留在这里看门。

江医生今天临时接了个出诊的活，平时这会儿都没什么病人，所以只让江因留下帮着看看大门，没想到等来了路尧这个客户。

江因还算有点伤口处理的常识，先给路尧倒了杯水，又取来消毒用的碘酊和酒精，写字问他要用哪种。

"酒精会让伤口比较疼，碘酊不疼，但会留下颜色。"

"你叔叔平时可没这么好说话，都是随便拿点酒精棉给我擦两下了事。"路尧托着下巴看他，对他的情况多少有些好奇，"你是生下来就不会说话吗？"

他这张嘴就是不讨人喜欢，净捡着戳人肺管子的话说，不过江因像个不会生气的棉花玩偶，被冒犯了也不生气，只是面不改色地在本子上写字。

"不是的，我十岁那年家里出了事，之后就一直说不了话。"

他回答得很熟练，好像已经这样告诉过无数个人，路尧只是其中最无关紧要的一个。

路尧对这个答案不太满意，但他也明白谁都有秘密，江因只是个和他头一回见面的陌生人，没必要回应他没头没脑的好奇心。

就像他也不会告诉别人自己为什么总是挂彩一样。

最终江因还是依照他的要求选择了酒精消毒。尽管路尧努力想让自己显得酷一点，但因为对方手脚不如江医生麻利，他被弄得有点表情失控，最后搬出"完全不疼"这种小孩子都不信的自白佐证，丢下消炎药的钱就跑了。

江因刚来半天就被委托看门，其实也不知道该收多少费用，他皱着眉想了想，在就诊记录上写下路尧的名字和收到的钱数，然后把那几张皱巴巴的纸币收进抽屉里。

他觉得叔叔大概也不在意能收到多少钱。

因为路尧看起来很可怜，像只饿过了头脾气变坏的小狗，正在找一个遮风挡雨的藏身处。

仅此而已，他也没什么坏心。

02

"路尧，你看看你这点分数，到底还想不想混个毕业证了？准备辍学去捡垃圾是吧。"

又是一轮月考后，班主任把路尧拎到办公室耳提面命，他耷拉着眼皮在她桌边罚站，说不出个一二三四，因为他确实都不会做。

数学题对他来说和天书没什么两样，他们谁也不认识谁，命中注定没有缘分，再勉强也不会有幸福。

但班主任显然不这么想，她从抽屉里掏出几本花花绿绿的练习册塞给路尧，让他回去找时间做完，还说有不懂的地方可以课后来问她。

"不是，耿老师，我真的不会……"

"这里面都是基础题型，你做之前可以先把以前的课本拿出来看看，实在看不懂就来找我讲。"班主任盯着他看，像是在确认他有没有说谎，又叮嘱道，"但这些题你一定要做，明白吗？你的基础太弱了，现在要从头开始补，老师会帮你的。"

路尧被盯得头皮发麻。之前班主任也管得严，但从没做到这个程度，好像现在是在努力让他感受到关怀，又小心翼翼地照顾他的感受一样。

他忽然觉得班主任是不是从哪里听说了什么，可话到嘴边怎么也问不出口，最后只能把那几本练习册带回教室，塞进抽屉里后继续蒙头睡觉。

路明辉大概是又没钱了，把家里翻得一团糟，路尧昨晚为了收拾出个能下脚的地几乎一宿没睡，所以现在困得要命，自诩这会儿天王老子来了也叫不醒他。

结果事实证明，教导主任比天王老子可怕，下一节课他就因为睡觉被巡楼的主任抓个正着，被罚站在教室门外一上午，直到中午打了放学铃才宣告解放。

这个点的学校食堂里人山人海，路尧懒得去挤，婉拒一群损友的食堂之约后从侧门溜出学校，去附近的便利店买吃的。

附中管得严，像他这样中午溜出来的懒怠分子不多，便利店里只有寥寥几个路人，没见到和他一样穿着校服的学生。他拿了面包和冷饮到收银台去结账，等着店员给他报金额，却只等到一块伸到面前来的手机屏幕。

"承惠九元。"

路尧掀起眼皮，对上江因那双弯弯的笑眼。

"所以你平时就在这里打工？"

便利店里有顾客用餐区，路尧不乐意去坐，非要杵在门边空调风最大的位置，边吃边找江因搭话。

他个子蹿得快，早早突破了一米八大关，站在那儿衬得江因个子特别小，跟营养不良似的，于是他又忍不住问："你几岁啊，他们雇你打工违法吗？"

店里没有别的客人，江因没有额外的工作，可以腾出手来回答他这些没头没脑的问题：

"叔叔那边我帮不上什么忙，总得想办法补贴一下生活费。"

"我再过几个月就19岁了，打工不违法的。"

"你下午不上课吗，怎么还不回学校？"

"两点半才上课，人总得吃饭吧。"路尧叼着吸管喝可乐，上下打量他两眼，觉得他实在不像十九岁，"你真没有谎报年龄吗？看着不太像。"

江因个子小小，皮肤白净，看起来和学校里那些学生没什么两样。

以路尧的刁钻眼光来看，可以一眼鉴定他为优等生，可他却站在便利店柜台后面收银，说自己需要靠这份工作补贴生活费。

他朝路尧竖起手机屏幕：

"没有，要看身份证吗？"

"不看，"路尧一口拒绝，"我又不是查户口的。"

其实他也不知道自己为什么站在这儿跟对方闲聊，明明江因连话都不会说，他们沟通交流几乎是在两个频道，可看江因不紧不慢地用手机打字回复，路尧又觉得还挺有意思的。

便利店里来了新的客人，拿着东西到柜台前结账，江因还是像刚才一样扫码结算，把总价打在手机上给顾客看，又在对方表示疑问时指指自己的喉咙，随后收获客人一个略带歉意的点头。

他给客人扫码结账，然后笑着举了一下放在手边的小牌子，上面写着"谢谢惠顾"。

小牌子一看就是江因自己做的，把硬纸板剪成方便拿取的形状后用胶带贴好封边，上面的字体圆滚滚的，很可爱。

"可爱"这个词用在江因身上多少有些奇怪，不过却是路尧对那块牌子的第一印象，他不想改。

他没急着表露自己的意见，等那个客人拎着东西走了，才咬着吸管含糊不清地问："你刚刚怎么不对我举牌子？"

"你需要吗？"江因反问道。

路尧理直气壮："你举都没举，怎么就知道我不需要了？"

拿他没有办法，江因只能又举了一下那块写着"谢谢惠顾"的牌子，然后低头打字。

"你该回去上课了。"

一点半，时间不早不晚，够他慢吞吞地走到学校侧门，避开主任溜回去。

但路尧暂时还不想走，他把个中原因归结于便利店的空调吹得他很舒服。

"教室里太热了，几十个人合吹四台电风扇。"他看了看把便利店制服穿得整整齐齐、干净清爽、一滴汗也没流的江因，没头没脑地说，"我再吹一会儿。"

江因不再赶他，去冰柜取了两个饭团出来结账，再把它们放进微波炉里。

微波炉尽职尽责工作时，他低头用手机发消息，等它"叮"的一声宣告工作结束，江因才抬眼看了看仍然杵在旁边的路尧，从微波炉里取出饭团，然后递给对方一个。

"给我的？"路尧愣了愣。

"嗯，不是没吃饱？"

他怎么知道？

其实按路尧平时的饭量，吃刚才那些是足够的，但不知是不是睡眠不足外加被罚站了一上午，他现在确实有点没吃饱。

肚子里那点不明显的饿意被饭团的香味勾了起来，路尧犹豫两秒，还是接过了那个饭团，撕开包装塞进嘴里。

"员工餐也要付钱吗？"他口齿不清地问。

江因同样在吃东西，腾不出手来打字，抬头看了他一眼，摇摇头又点点头。

路尧没能解读出他这一系列动作的含义，直到江因小口小口地把那个饭团消灭，擦干净手重新拿起手机，路尧才得到了标准答案。

"我的不要钱，请你吃的要。"

那天以后，路尧几乎每天中午都会鬼使神差地往便利店跑。

他把便利店里所有能填饱肚子的速食都吃了一遍。

大部分时间能吃饱，少有的吃不饱的时候则会收到江因请他吃的一个饭团。

江因似乎对这种食物情有独钟，但凡碰上路尧没吃午饭的时候，他从冰柜里拿出来的总会是饭团，有时是奥尔良烤鸡口味的，有时是烟熏猪肉口味的，还有路尧最不喜欢的三文鱼，每次江因拿那个饭团时路尧都会不由自主地皱眉头。

"你为什么不喜欢三文鱼？"江因问他。

"不知道啊。"路尧理直气壮地道，"人总有自己不喜欢吃的东西吧，怪它倒霉被我讨厌上？"

就像他也说不清自己为什么老往这儿跑，但想来就来了，谁都拦不住他。

路明辉这几天消停不少，没再在家里搞事情。路尧睡眠充足，精神饱满，身上也不挂彩，每天有精力捉猫逗狗不说，连带着跟江因没话找话地聊天时心情也好了不少。

现在他知道江因学了十年画画，来宛城就是为了复习和准备艺考，他的文化课成绩也不赖，确实是个不折不扣的优等生。但优等生没有因为他成绩烂得近乎没救而嫌弃他，路尧每天都能顺利地在便利店里逮到人，偶尔还会安静下来看对方画画。

江因上班时不偷懒，只在休息时间画画，练习速写。他画画时很专注，不管旁边的人在做什么都很难打扰到他，有一回路尧在他身边打翻了冰可乐，江因愣是头也没抬，把速写画完了才告诉他抹布在什么位置。

路尧自己是个学习消极分子，体验不到他那股积极劲儿，后来发现江因学习文化课的积极性也不遑多让，忍不住说道："真该把我们俩换个位置，你去学校听课，我在这儿上班。"

江因看了他一眼，发现他是认真在说这句话时便蹙起眉头，有点不高兴的样子。

"大概除了我们班主任，所有人都觉得我没救了。"路尧没发现他脸色不对，还在接着絮叨，"整天惹是生非，课也不好好听，考试只有拉低平均分的份儿……到哪儿都是个麻烦。"

"不要自暴自弃，这是对自己不负责。"

江因对他的自我评价发表感言。

"那有什么，你要看看我的成绩单吗？"路尧在书包里掏了掏，翻出一张 25 分的数学考卷，还要特意澄清，"选择题我只会第一道，后面的全是蒙的，结果还蒙中了几个。"

江因：……

江因说不出话，没法直观表达情绪，但眼神已经很好地传达了他的无语。

路尧理直气壮地道："我就是学不会嘛，有什么办法。"

江因也不生气，慢吞吞地打字："总有你能学会的科目。"

有当然是有，路尧只是不愿意花心思去学，确实有点江因说的自暴自弃的意思——学得好了又能怎么样，他还能拿着满分成绩单去找路明辉要奖励吗？

这话他没说出口，料想江因也不会听，路尧不打算自讨没趣，就把话咽回了肚子里。

他们坐在便利店附近的公园里，江因下班后打包了关东煮和烤鸡腿，路尧转给他自己的那一份饭钱，然后心安理得地享受外卖待遇。

放学后这个小公园里有很多附近的孩子在疯玩，有的身后跟着操心的家长，也有的无人看管、自由自在，偶尔有一个不小心跌倒的孩子，也会被旁边的大人顺手捞起来哄几句。

路尧盯着那个摔倒的小孩看了一会儿，忽然问："你吃过那种五毛钱的冰糕吗？牛奶味的，这么大。"

他抬起手比画一下大小，江因怔了怔，迟疑地摇摇头。

"我小时候很爱吃那个，在幼儿园领到小红花的时候我妈会奖励我一根。"他告诉江因，"不过上小学后我就没吃过了，不知道现在还有没有卖。"

"我不知道你说的冰糕是哪种，如果连锁便利店没有，可能那种小店里会有吧。"

"真的？"路尧站起身来，"那我去找找看，请你吃一根。"

他带着江因在附近溜达了一圈，最后在小区角落里找到了一家小得不能再小的小卖部，目测店龄超过十五年。路尧进门就直奔冰柜，在老板疑惑的目光中挑挑拣拣老半天，才从里头找出两根他说的冰糕去结账。

"好险，再过半个月这根冰糕就该过期了。"他对着包装袋上的生产日期发出感慨。

江因抱着速写本跟在他身后，接过路尧递来的冰糕撕开尝了尝，有些困惑地歪头看他，然后在速写本上写字。

"和我想象中的味道差不多。"

冰糕是很古老的牛奶口味，没什么特别的地方，对他来说只是很普通的滋味，但对路尧而言显然并不简单。

"你是想说味道很普通吧，"路尧刚撕开包装把冰糕塞进嘴里，闻言只是笑了笑，"那时我妈就那点工资，能给我买这个已经很不错了。"

后来他没了妈妈，就连这个也吃不上了。

他叼着冰糕走出小卖部，躲开一个差点撞上他小腿的孩子，然后回头问江因："你住哪里？"

江因一脸疑惑。

虽然不能说话，但表情已经很好地表达了他内心的困惑。

"我请你吃冰糕，你今晚让我借住吧。"路尧理直气壮地说，"我家今天没法住人了，我没地方去。"

上次他和路明辉打架砸了一大堆东西，墙也被碰花了，早上他弄了点粉把墙刷了刷，这会儿估计还没干透，他不太想回去。

如果江因不愿意收留他，那他今晚大概会随便找个地方混过去。

江因看了路尧两眼，既没往前走也没在本子上写字，直到路尧迟钝地意识到自己的要求可能不太合适，准备亡羊补牢说刚才是开玩笑的，他才忽然动了。

江因没有拒绝，而是转身往另一个方向走去。

路尧明白这是答应了，笑了笑，紧走两步跟上他。

03

江因没有和江医生住在一起，而是独自在附近的老小区里租了一套两居室，卧室以外的空房间被当作画室在使用，里头堆满各种画具，只有一把椅子，并没有能住第二个人的地方。

路尧在他家里转了一圈，把有限的空间迅速参观完毕，然后问："你是用实际情况告诉我这里住不下人吗？"

"你不介意的话，可以睡沙发。"

江因写道。

江因的沙发目测全长一米八，容不下他平躺，但屈着腿睡是足够了。路尧不认床也不挑剔，爽快道："好啊，那我睡沙发。"

江因的表情僵了僵，似乎有点想不通，见他真的把书包往沙发上放，终于忍不住继续写字："为什么是我？"

"跟你待在一块儿舒服啊。"路尧把换洗衣服掏出来，书包立刻肉眼可见地干瘪下去，他站起身来，不客气地问，"浴室在哪儿？我先洗个澡，热死了。"

……

江因给他指明方向，路尧心情不错，哼着小曲就去了。

等他洗完澡出来，江因不见人影，茶几上放着新的洗漱用品，小客厅的电风扇也开着，屋里静悄悄的，只有窗外传来的蝉鸣清晰可闻。

路尧自然是不写作业的，他甚至都没往书包里放这玩意儿，直接丢在课桌抽屉里没带回来。

路尧左右看看，见屋里实在没什么吃的，开水壶里也一滴水都没有，于是踩着拖鞋下楼买了半个西瓜回来，又去敲半掩着的画室门喊江因出来吃。

"我刚拿了你挂在门口的钥匙，回来又给你挂上去了。"他自来熟地从水槽旁的碗柜里找出两个勺子，洗干净后塞给江因一个，"西瓜挺甜的，你尝尝。"

他们并肩挤在那张小沙发上一人一勺地挖西瓜吃，电风扇吱呀吱呀地转着。

有那么一个瞬间，路尧忽然意识到，他好像很久没经历过这么清静又闲适的夜晚了。

其实他很难把那个和路明辉共同居住的屋子称为"家"，但又不得不承认那确实是他唯一的容身之所。他每天早上从那里出来，夜晚又回那里去。

对他而言，比起"家"这个定义特殊的名词，用"巢穴"来形容它可能更合适一些。

他习惯了每天到家都会有新"惊喜"。

可能是在回去后发现路明辉又拿走了抽屉里所有的零钱，也可能是发现少了点什么家具，多了些什么垃圾。

他的赌鬼父亲从不会给他带回什么好东西，路尧也从不抱什么不切实际的期望。

可能他小时候会有点侥幸心理，但这些希望早就被磨灭了，现在他只希望路明辉再也别出现在他面前，免得脏了他的眼。

和那个勉强维持的"巢穴"相比，江因的小房子简直像个天堂。

屋子的主人没有分出太多精力来招待客人，也正因为这样，路尧得以更加自在地探索这个不大不小的空间。

他毫不客气地占领了客厅，但并不满足于此，很快又开始"入侵"江因的画室。

他对画画一窍不通，却不影响他看别人画，因为他观察的主体是画画的人，而非画本身。

他搬来个小板凳坐在旁边看了一会儿，很快意识到江因在画下午那个小卖部，便饶有兴味地观赏他从草稿到上色的整个流程，直到那个破旧的小卖部逐渐跃然纸上，才很给面子地夸了一句："你画得真不错。"

江因抬眼看他，把画笔放进小桶里洗，然后用铅笔在旁边的本子上写：

"你很无聊吗？"

"不啊。"

看他画画还挺有意思的，路尧想。

"那为什么要坐在这里看我画画？"

"看你画画就挺有意思的啊，为什么会无聊？"路尧反问道。

江因和他对视片刻，意识到他确实没觉得看人画画很无聊，摇摇头，正要继续自己的练习。路尧却忽然来了劲，压根不管江因想不想搭理他，强买强卖道："欸，你是不是很无聊？那要不我们聊会儿天吧。"

他也说不清为什么，好像那个小卖部总能勾起他的回忆和倾诉欲。

下午买冰糕时还好，刚才看着那些熟悉又陌生的小东西一件件从江因笔下蹦出来跳到纸上，路尧就又想起了他小时候的事。

"你应该已经听江医生说过我家的事了吧，赌鬼老子和差生儿子，两个人动辄打得邻居都不敢出来劝架，家里全须全尾的家具都没几件。"说起自己家里的情况，路尧态度坦然，没什么避讳，"我妈在我六岁那年跑了，路明辉……哦，就是我爸，去我外婆那儿闹过几回，被舅舅打了，才没敢再去要人。我俩相看两生厌，我长到十三四岁吧，就从单纯被打进化到开始还手了。"

最初路尧肯定只有挨揍的份，路明辉喝了酒后动起手来比平时还狠，他经常被打得头破血流，还进过好几回医院。后来路明辉身体不如从前，路尧又开始发育长高，两人的地位就逐渐发生了变化。

现在他基本占据上风，路明辉不敢再随便跟他动手，最近也消停不少，路尧得了闲却不觉得高兴，好在有江因这个新朋友，他无处安放的精力终于有了新去处。

"你受的伤都是因为和他打架吗？"江因问。

路尧点点头。

他的新朋友脸上露出一点不赞同的神色，低头在纸上写字："不值得。"

江因连字都是规规整整的，有一点锋芒但不显露太多，那些字很含蓄地并排站在纸上，和他本人有点像。

"他就是这种人，我是烂人的儿子，有什么办法呢？"路尧终于看够他的字，也攒出了自认为潇洒的表情，满不在乎地道，"你见过找还在上高中的儿子要钱的爹吗？我家就有一个。"

江因皱着眉头看他，似乎有话想说，张了张嘴，却没有发出声音。

路尧不自在地别开脸，而后听见笔尖在纸页上划动的声音。

片刻后，那个本子被举到他眼前，他不想看也得看。

"下次不想回家的时候，就到我这里来吧。"

属于江因的字迹这么写道。

04

那之后路尧回家的频率确实降低不少，放学后要么去小诊所，要么去江因家。

江因在江医生的要求下辞掉了便利店收银员的兼职——当叔叔的让他安心复习备考，说那点生活费少不了他的，没必要顶着太阳天天出去打工。

江因拗不过江医生，也不想让他不高兴，辞了兼职便偶尔去诊所帮忙，然后捡走不知为什么也跑过来蹭饭蹭空调的路尧，把人带回自己家。

路尧也不知道自己干吗非得天天跟着他们叔侄俩混日子，不过和江因一起待久了，他好像确实变化不小，现在坐得住了，偶尔也能看得进一点班主任给的辅导书。

起先他还是和看天书没两样，不过江因偶尔会给他讲题，虽然流程比较漫长，光靠文字讲解得花很多时间，但江因思路清晰，表达简洁，路尧还真听懂了。时间一长，辅导书上那些基础题目他也逐渐能做出一些了。

只要江医生不赶他，他就能和江因一起在小诊所待到晚上，然后在江因家沙发上过夜，第二天再起床去学校。这样的日子一周里大约能有三五天，余下几天他会回家，不过也很少碰到路明辉。

他的赌鬼爸好像突然改性了，一个月里居然没找他要过钱，简直跟太阳打西边出来似的，令人匪夷所思。

路尧没刻意去琢磨这件事，但也轮不到他去想，因为答案很快就自己跳到了他眼前。

"你怎么好像不太高兴？"江因打字问他。

他们正在吃路尧放学时打包回来的冒菜，天气很热，冒菜更是热辣，风扇吹出来的风已经没法阻挡双重热浪，路尧正蹲在风扇前狂吹，又马不停蹄地灌自己冰水。

就这样江因还能看出他不高兴，不得不说实在是观察力惊人。

"我妈昨天给我打电话了。"路尧也不瞒着他，毕竟自己的秘密早就跟江因分享过，这会儿有个人能听他倒苦水反而还没那么憋得慌，"她说她这周末回来给外婆扫墓，问我要不要跟她走。"

江因的喉咙里滚出一声轻微的无意义的音节，愣了一会，才打字道："这么突然？"

"是啊，我也觉得很突然。"

路尧吹够了风扇，盘腿坐在沙发上，不耐地皱起眉头。

小时候路尧被打时会怨恨妈妈为什么不带他一起走，可后来长大一点他就明白了，六岁的他不仅是杨灿灿的"拖油瓶"，还是她逃离路明辉的最大障碍。

只要她想把他带走，就势必会惊动路明辉，整个逃跑计划也将随之宣告结束。

她自己都快被路明辉打死了，哪还顾得上他，自然是一有机会就赶紧逃。

她没有别的选择，只能把路尧丢下。

所以他能理解杨灿灿，只是理解不等于接受，他难免心存芥蒂，对她还能想起回来带他走这件事感到有点百味杂陈。

明明已经过去这么多年了，她为什么还要回来呢？

他不明白杨灿灿回来找他的原因，却为路明辉这段时间莫名其妙的反常行为找到了理由，大约是因为杨灿灿给了他钱。

他十分了解路明辉，没钱谁也不能让他消停，可杨灿灿已经被他吸了那么多年血，为什么还要给？这钱不是打水漂吗？

路尧想要告诉杨灿灿他早就不怕路明辉了，她不必做这些，更不必因为没带他走而愧疚，他已经不需要了，但话到嘴边转了两圈，最终却没能说出口，又被他原样咽了回去。

从前话少而怯懦的杨灿灿一直在电话那边说话，他听了半天，只在她问"能不能出来见个面"时犹豫许久，最后说了句"好"。

在那个瞬间，他忽然意识到"已经长大"或许只是自己一厢情愿的看法。

事实上无论在杨灿灿还是在其他人眼里，他都还是那个会躲在妈妈身后哭鼻子的路尧，是需要被保护的对象。

他的确是，因为杨灿灿喊他"尧尧"的时候，路尧很不争气地动摇了一瞬。

路尧嫌恶自己的优柔寡断和软弱，又觉得对江因说这些有点丢人，最终只是抿抿唇，把电风扇调成摇头模式，什么也没能说出口。

"她一定很爱你的。"

江因把速写本递到他面前。

路尧低头笑了笑："谁知道呢？"

他已经十年没见过杨灿灿了，甚至连她的样子都只能从藏起来的旧照片里窥见，他脑子里关于"母亲"的概念早就变得模糊不清，又怎么可能知道她是怎么想的。

"她开口说'我是你妈妈'的时候我还以为碰到诈骗电话了，鸡同鸭讲了大半天才弄明白她真是杨灿灿本人，但是……"

电话里路尧甚至连一声"妈妈"都没叫，他还没想好该怎么去面对她。

江因静静地听他说完，递过来一杯热茶。

路尧叹了口气："算了，跟你说这个也没什么用。"

总不能指望江因来告诉他接下来该怎么办，这是他要自己面对的事。

身边传来铅笔在纸面上画动的声音，片刻后，江因再次将速写本递过来。

"可你看起来很迷茫，说出来会觉得好些。"

"我可能给不出什么好的建议，但至少是个合格听众，不会打断你的思路，也能为你分担一些烦恼。"

路尧看完那两行字，抬眼和他对视。

江因报以一个最常挂在脸上的无害笑容，收回了自己的速写本。

他给路尧"讲"了自己的故事。

其实路尧已经从江医生那里听过一个简略版本，但无论什么故事，从当事人口中讲述的总要比旁人所知的更直接残酷些。

江因十岁以前都是典型的"别人家的孩子"，他的家庭美满，乖巧懂事，成绩也相当优异。

和路尧大不相同的是，他有一对恩爱的父母，从江因能出门旅行的年纪起，他们每年暑假都带他出去玩，这是他们家固定的亲子假期，也在江因十岁那年成了他的噩梦。

他们在自驾游时遇到疲劳驾驶的大货车司机造成了事故，驾驶座上的江爸爸打方向盘把危险拦在自己这边，后座的江妈妈则死死地把江因护在怀里，像一把牢不可破的保护伞，事后赶来的救援人员花了不少力气才把他们母子分开。

江因的父母被当场宣告死亡，只有他一个人活了下来。被救出来时江因满头满脸都是不属于自己的血，他还睁着眼，意识清醒，但对外界事物只能做出很迟缓的反应，之后大家才发现，他已经不会说话了。

"医生说是应激反应，包括我叔叔在内的亲人们都以为我受惊过度，已经不记得这件事了，你不要告诉他。"

江因的故事以这样一句话收尾。

他在纸上写了个短暂而残忍的故事，自己却没什么多余的表情，好像故事里的情景已经在他的脑海里重播无数遍，不再有路尧感受到的冲击力了。

路尧听完后叹了口气，总算找到机会把自己早就想说的话说出口："对不起，我还那么问过你。"

如果他早知道江因是因为这样才说不了话，初次见面时打死他也不会那么问对方。揭人伤疤实在太残忍，何况江因这道大约永远无法愈合的疤。

他自己也有一大堆不想让人知道的秘密，自然对此感同身受。

江因笑了笑，继续在纸上写字。

"没关系，已经过去很久了。"

"爸爸希望我和妈妈能活下去，妈妈希望我能活下去，我不会辜负他们的爱，只是一直没办法说话，应该让他们很担心。"

"你会好的。"路尧认真地说。

"我一直有在好好吃药和复查，医生说我的声带没问题，可能只是缺少一些刺激，但这种机会总是很难得。"

路尧垂下眼帘，不知想到了什么。

江因猜自己的目的已经达成，便趁热打铁地写道："这次不见，你和阿姨短时间内应该没机会再见面了吧。"

"无论如何，既然她想见你，你就和她见个面好好谈谈，这应该不会太难。"

他是希望路尧去和自己妈妈见一面的，至少给彼此一个机会，免得错过了再后悔。

至于见面以后路尧做出怎样的选择，谁也不会提前得到答案，决定权完全在路尧自己手上。

"你已经不是六岁了，现在的你可以决定自己的去留，不是吗？"

95

杨灿灿和他约在一家餐厅见面，路尧对这家餐厅没什么印象，到了地方才意识到这家店就在他以前念的幼儿园隔壁。

小时候杨灿灿每天都会到这里接他，工作再忙、下班再晚也雷打不动。

那时这里还不是装潢考究的餐厅，而是一间杂货店，有烤肠和冰糕卖。

烤肠是那种最普通的淀粉肠，含肉量估计为零，冰糕则五花八门，但路尧有幸吃到过的只有前些日子买的那款，售价五毛，小孩子也不许赊账。

读幼儿园时，他还是个能拿到小红花的好孩子，杨灿灿给他买过一两回冰糕，味道被他记到十六岁。

破旧的杂货店早已在前几年的拆迁中消失，现在这里的整栋楼都是新盖的，餐厅的落地玻璃窗光可鉴人，是他完全陌生的样子。

路尧站在餐厅门口，隔着玻璃窗看见里面陌生又熟悉的人，恍惚片刻才推门进去。

"尧尧。"

杨灿灿穿了条素净的黑裙子，梳着低马尾，和照片里没什么两样，甚至看起来比那时还要更年轻些。

唯一不同的是路尧看她的视角从仰视变成了俯视——他已经比她高出一个头了。

她朝路尧露出有些局促的笑容，似乎也不知该怎么和他相处，迟疑片刻后才把桌上的饮料往他的方向推了推："给你点的饮料，先坐吧。"

路尧没有回话也没有喊她，沉默地坐下，听她说了这次回来的计划，包括为他安排的新学校、新生活甚至出国留学的计划。

杨灿灿这些年里大约是努力攒了不少钱，描绘的蓝图听起来比他现在过的日子好上十倍百倍，他却一直没有吭声，只是听她说。

"你好好想想，妈妈不会害你，只是……想给你更好的生活环境，虽然现在说这话可能有些冠冕堂皇，但还是希望你能考虑一下。"

面对杨灿灿的总结陈词，路尧终于开口，却没有回应她的话，而是言语尖锐地抛出了那个困扰他已久的问题。

"能告诉我为什么吗？你走了这么多年，明明已经逃得远远的，连外婆过世都没回来看一眼，为什么忽然现在回来？"

"我当时被工作绊住了脚步，赶回来时葬礼已经结束了。"杨灿灿看了他一眼，很快又移开视线，"我不是想找借口，这件事我确实做得不对，但如果让我再选一次，恐怕也会是同样的结局——那是我很重要的升职机会，没有那次的成功，现在我也不会有接你走的底气。"

"外婆给我留了一张卡，除了里面原本就有的钱，卡里每年都会收到一笔钱，是你打的吗？"

"是。"杨灿灿并不否认。

路尧终于还是忍不住质问道："既然每年都给我打钱，为什么你从来不给我打电话，也不回来看我？"

"因为我怕自己会心软。"杨灿灿直白地道，"你是我唯一的软肋，当年抛下你已经花光了我所有勇气，妈妈太懦弱，那时的我不敢面对你刚才那样的质问。"

她独自一人在外打拼，从最普通的工作一步步做起，直到今天才回来找路尧，凭借的底气也只是单薄无力的银行卡余额。

她没把握能说服路尧跟她走，只能搬出那些冠冕堂皇的好听话。

可看见路尧脸上的表情她就知道，好学校、好房子、零花钱，这些都不是他想要的。

他在意的是其他东西。

"妈妈对不起你，但是，妈妈还是希望你能跟我走。"

杨灿灿的脸上没什么表情，路尧盯着她看，知道她说的是实话。

她现在的样子和小时候知道他被幼儿园老师批评时差不多，但现在她已经没有立场对路尧发火了，所以怒气只能针对她自己。

她和以前一样又不一样，连语气都大不相同，显得冷静而疏离。

路尧觉得她很陌生，唯独那句"跟妈妈走吧"带有熟悉的温度。

曾经他频繁梦见杨灿灿对他说这句话的模样，大约是很期盼过的，可当这件事真实地发生后，路尧发现自己其实没有那么高兴。

可能因为等的时间太长，已经把他的期待消磨殆尽，也可能是他本来就没有很想跟杨灿灿走，只是还没忘记那块冰糕的味道和"妈妈"这个角色带来的温暖。

他想起江因写下"没关系，已经过去很久了"时的样子，心想，确实过去得太久了。

久到他需要把记忆里"妈妈"的样子擦干净，再往上面填入杨灿灿如今的模样。

杨灿灿絮絮叨叨地说了很久，很奇怪，明明她以前性格很闷，从不会一口气对他说这么多话。

路尧坐在餐厅里听她说完，最后也没给出确切答复，只对杨灿灿说："让我考虑一下。"

杨灿灿露出理解的表情，却难掩眼里的期待，给他留了自己住的酒店地址，又说道："我坐大后天下午的高铁回去，给你也买了票，希望你能跟妈妈一起走。"

96

因为路尧不在，这天江因去了趟图书馆，他自习的时间有点长，直到天都黑了才坐公交车回来。

楼道里没有灯，只有家门口那个感应灯泡还"活"着，他一上楼就见路尧蹲在门口，表情说不上高兴或者不高兴，硬要分清好歹的话，应该是更靠近不高兴的那种。

江因察言观色，先开门把人放了进去，关上门才在手机上打字。

"和阿姨聊得不好吗？"

路尧垮着脸摇摇头，不说话。

江因给他倒了杯水，见他乖乖地坐在平时坐的位置上，猜想结果多半不差，只是路尧脑子一时半会儿还转不过弯，便没有打扰他，放下水杯自己回画室去了。

临近考试，他要忙着准备很多琐事，对路尧的事自然不如前几天上心。

原以为是只需要好好想想就能解决的问题，谁知当天夜里路尧忽然毫无征兆地发起高烧，状况很严重，江因只能连夜把他送到小诊所去输液。

江医生凌晨三点被喊起来给人看病，起床气十足，臭着脸问："这小子皮糙肉厚的，怎么大热天还能发烧？"

江因说不出理由，心里却大致有个猜想，默默叹了口气，任劳任怨地留下照顾他。

路尧烧得迷迷糊糊的，需要挂水降温，在小诊所里躺了大半宿，天亮以后才被江因接回家去照顾。

江因把床让给他睡，给他煮了点粥，又给喂了退烧药，坐在床边看书时忍不住想：劝路尧去和他妈妈见面可能确实不是个好主意，自己做错事了。

发烧的路尧看起来可怜兮兮的，在被窝里蜷成一团睡着，江因给他换了几次冰袋，快到中午的时候高烧才总算退了，不过他一直断断续续地发着低烧，吃退烧药也不管用。

药不能多吃，体温降到37.5度后江因就没再让路尧吃药，只靠物理手段降温。

中间他出门一趟买吃的，回来听见房间里有声音。

推门一看，路尧坐在床上，人蔫蔫的，抬眼看他时像只被雨淋湿的狼狈小狗。

"你去哪儿了？"他嗓子哑得像刚被盐腌过，听着怪可怜的，"我叫了你好久。"

江因走到床边，被他伸手拽住一截衣角。

自称十来岁就敢跟路明辉硬碰硬干架的路尧生了病就变成黏人豆包，挨着他好一会儿才攒起了点精气神，问："有吃的吗？我肚子好饿。"

人有吃东西的精神就好，江因总算放下心来，给他盛粥去了。

大约之前是耗能太多饿得发慌，路尧刚吃两口就感觉自己好了一半，也不迷迷糊糊了，仗着自己还是病人，抱着个枕头赖在他床上不动弹，得了好处还要卖乖："味道好淡，一定要吃白粥吗？"

江因面无表情地在便笺本上写："只有白粥，不吃饿着。"

饿肚子的病号这才偃旗息鼓，乖乖把白粥全吃了。

天气热得要命，路尧发烧烧出一身汗，吃完就被赶去洗澡，洗完清清爽爽地出来时，江因已经把床单被套全换了一遍，指挥刚从卫生间出来的他把换下来的四件套丢进洗衣机里。

忙完一圈以后他们并肩坐在沙发上，路尧吃饱了又开始犯困，挨着江因发了会儿呆，忽然慢半拍地问他："我怎么突然发烧了啊，江医生有说为什么吗？"

江因在手机上打字："没什么特别原因，可能是你状态不好，所以抵抗力下降，就容易生病吧。"

路尧显然不太相信，但他实在有点困，听着风扇在旁边吱呀吱呀地转，很快就又闭眼睡了过去。

江因扭头看了一眼就继续低头去看手机——他后天有个很重要的校考，虽然不需要临时抱佛脚，但他会提前看好考场和交通路线，把这些都记下来，避免出现难以应付的意外。

睡着的病号个子比他高大，缩在沙发上看起来有点委屈，江因这才发现，其实路尧的骨架还没彻底长开，衣服底下身形单薄，是标准的发育期少年的模样。

还是只没长大的小狗呢。他无声地想。

这些日子他总有些收养了一只流浪动物的错觉，路尧直白且莽撞，但不讨人厌，他只当偶然捡了个嘴巴不太讨人喜欢的弟弟，也享受连路尧自己都没察觉到的依赖和信任。所以在对方要求留宿时，江因没有拒绝，就那么默许他住了下来，之后也一直有意无意地照顾对方。

他认为自己是在做好人好事，但现在却不得不开始思考一件事：路尧真的需要他吗？他自以为是的建议似乎让对方很不好过。

江因不是路尧，不能切身体会路尧的感受，也不知道他妈妈对他而言究竟是什么样的存在，如果一厢情愿地认为跟妈妈离开是对他更好的选择，那江因和其他人也没什么两样。

思忖间，病号不安分地动了动，江因扭头看了一眼，确认路尧没醒，然后起身让位，让他在沙发上躺平睡去。

挪位置时他听见路尧在无意识地低声说梦话，于是凑近去听，听清后却怔了怔，不知该做何反应才好。

"别丢下我……"

看来是个不太好的梦。

他犹豫良久，最终还是伸手拍拍路尧的胳膊，希望对方能睡得舒坦些。睡着的叛逆小孩总比醒着乖巧，路尧皱着眉头躺在沙发上，在他离开时伸手拽住了他的衣角。

是把他当作妈妈了吗？

起初江因是这么想的，但很快他就知道不是那样，因为路尧在睡梦中叫了他的名字。

江因静静地看了路尧好一会儿，然后伸手戳了戳他。

小鬼。

明明还没长大，其实可以不用假装坚强的。

害怕被丢下不是什么丢人的事，他也会怕，相信那些大人也会怕。

既然只是害怕，有人陪着应该就好了吧？

97

路尧和杨灿灿见面是周日，回来就开始发烧，于是一连两天没去学校，江因叮嘱他找班主任请假也被他忘了个精光。直到周二，班主任不知从谁那里逼问出了他的手机号，才打电话来兴师问罪。

"我发高烧，住在朋友家里，想请假的，但是烧得忘了……"他蔫头蔫脑地拿着手机挨训，知道自己确实让对方担心了，也不敢狡辩，老老实实地承认错误，"对不起，耿老师，等烧退了我就回学校上课。"

大约是他的态度过分诚恳，班主任没怎么骂他，甚至主动提出来看看他："我昨天去了你家，敲了半天门也没人，生怕你出什么事，没事就好，晚上老师来看看你？"

路尧看看在房间里画画的江因，想也不想就拒绝了。

她叹了口气，似乎对被拒绝的结果并不意外，只道："那你好好养病，回来带病历找我补假条，知道吗？你不能再有缺勤记录了，会影响毕业的。"

最近路尧的表现比以前好太多，她都快忘了这是个从前连毕业都有困难的孩子，现在看来，她还是不能掉以轻心，得好好监督他才行。

应付完班主任，路尧挂断电话，问江因要不要吃夜宵。

"我不饿，你想吃什么？"

"你不饿就接着画吧，我下楼吃个面……"路尧刚要起身，就见江因也跟着放下了手里的画笔，他愣了愣，疑惑道，"你不是说不饿？"

"你别乱跑，我下楼给你买吧。"

江因来宛城其实就是为了提前准备这次校考，恰好有个开诊所的叔叔在本地，所以他来得早了些，既可以放松一下身心，也可以看看这里的风景。

　　他做足了放松的准备，结果刚来就认识了路尧，这段时间也没做什么，除了打工就是画画复习，甚至多管闲事地揪着路尧补课。他过得是不错，生活很充实，不过确实没看成什么风景。

　　原本准备这周去海边走走顺便采风，结果路尧发烧，江因照顾他整整两天，周日就是考试，也没时间再出门了。江因早早看好公交线路打算搭公交车过去，所以起得很早，六点半就到楼下买好了包子豆浆，把路尧喊起来吃早饭。

　　"怎么这么早啊，"路尧退烧后就没了好待遇，昨晚是在沙发上过的夜，被叫醒后坐在沙发上狂打呵欠，手还在折腾被他搂着睡了一夜的抱枕，"也没多远，你打个车过去嘛。"

　　一根体温计不由分说地塞过来，江因无视他的抱怨给他量了体温，确认没再烧后才放心，背起包准备出门。

　　"你和你妈妈约了几点钟？"临走前他问路尧。

　　"她说是下午的高铁，我大概中午过去找她吧。"路尧困得要命，眼看马上要倒头就睡，还不忘看一眼自己的手机，"我调过闹钟了，你放心去吧。"

　　江因把退烧药放在茶几上才开门，不忘叮嘱他再发烧的话记得吃药，以及："有事给我发消息或者打电话。"

　　"知道啦，"路尧又打了个呵欠，朝他笑笑，"快去吧，考试顺利。"

　　江因很快出了门，他伴着对方隔着门远去的脚步声重新倒在沙发上，美美地睡了个回笼觉，醒来以后才开始认真思考自己应该是去是留。

　　他还没做好跟杨灿灿离开的准备，这一点毋庸置疑，但继续留在宛城真是正确的选择吗？路尧自己完全说不准。

　　江因只是来这里考试，下周就会离开，他早就向路尧说过自己接下来的行程——他的重点目标是南边一所更有名的美院，那是他的理想学校，自然要去为之努力一把，而那所美院所在的城市恰好和杨灿灿目前定居的城市在同一省份。

　　然而这些都不是决定性因素，动摇路尧的根本原因是江因一走，他就又是一个人了。

　　很难想象他会在短时间内这么依赖一个人，江因在他的天平上化成一个不可忽视的砝码，影响着他的判断。

　　时针走向"12"，楼下的快餐店里飘来让人难以忽视的饭菜香味。

　　路尧想着吃点东西填饱肚子再接着烦恼，于是换了身衣服下楼。他正盘算着吃冒菜还是小炒，眼角余光却忽然瞥见一个站在楼梯口的人影。

　　那个人化成灰他也认识，是路明辉。

　　他的心猛地一沉，本能地觉得不妙。

　　路明辉是怎么找到这里来的？

　　路尧皱起眉头，第一反应是不能在这儿和他打起来，否则可能会给江因带来无穷无尽的麻烦，然后才是观察路明辉的状况——他身上有伤，明显被人打过，脸上写满了气急败坏和烦躁不安，大约是在被人追债。

　　路尧忍不住讥讽地笑了一声。

　　但躲也不是办法，路明辉肯定会在这里守着他，下午他还得去见杨灿灿，这件事得早解决早结束。

　　路尧心里有了底，冷着脸走到对方面前，开口问道："你这次又欠了多少？"

"五万，"路明辉眼皮一掀，根本没客气，直接朝他伸手要钱，"我知道你有，给我，我今天就得还上。"

"没钱。"路尧想也不想就一口拒绝。

他心里清楚得很，路明辉是个无底洞，多少钱都不够他在赌场里挥霍，今天给他还五万，明天他就有本事借十万，滚雪球一样利滚利，一辈子也还不完。

顾及着这是江因家，路尧没有直接跟他动手，准备离开楼梯口，却被路明辉一把抓住。

他用力甩开对方的手，嗤笑道："我还没找你履行抚养义务呢，你还敢来找我要钱？"

路明辉咬牙切齿地骂了句脏话："小兔崽子，别忘了没我就没你！我不管你一口饭吃，你早就该饿死了！"

"杨灿灿不是给你钱了吗？别说没有，我都知道了。"路尧半点不心虚，直勾勾地盯着他的眼睛，仿佛一头随时会暴起伤人的恶狼，冷冷地道，"她给的钱够管我吃饭吧，何况初中开始我就没吃过你一口饭了。"

那时外婆还在，他偶尔会瞒着路明辉去一趟外婆家，老人家心疼他没人照顾，总念叨着让他搬过去住，但都被路尧拒绝了。再后来外婆身体越来越差，舅舅一家怀疑他总往那边跑是图她遗产，路尧碰过几次不软不硬的钉子后就也不再去了。

他心里希望外婆能好起来，可小半年后等来的却是老人家过世的消息。

葬礼上舅舅不情不愿地丢给他一张卡，说是外婆留给他的，卡里存了一笔钱，虽然数目不大，但也足够填补他直到高中毕业为止生活费的空缺。

"她说让你安心念书，别老跟路明辉对着干了。"

这就是路尧在外婆灵前听到的、关于她的最后一句话。

路明辉一听这个就来气，恶狠狠地道："我是你的监护人，你的钱都该让我保管。除了你妈，老太婆还给你留了钱吧？你花了这些年还剩多少？全给我拿出来。"

"你做梦。"路尧咬字很重，仿佛恨不得咬碎眼前人的骨头。

先不提那点钱够不够付这混蛋欠债的一点利息，那些钱是外婆留给他的，无论谁来找他也不可能给。

连着发了两天烧，路尧吃不下什么东西，身体还没完全恢复过来，跟路明辉吵了这么几句后他脑袋里就开始嗡嗡响。

老小区隔音不好，眼看隔壁邻居家的门已经开了条缝，隐约有在家里看热闹的趋势，他不想给江因添麻烦，阴沉沉地开口赶人："这可不是你家，再不滚我就报警了。"

"你报啊，爹管教儿子天经地义！"路明辉不管不顾地伸手来抓他，"你妈也给你钱了吧，她现在可有钱了——赶紧把钱给我，再还不上当心他们找上门连你一起揍！"

路尧怒火中烧，理智的弦一瞬绷断，下意识闪身躲开，想还他一拳，却忘了自己身后就是楼梯，他站的位置没有扶手，这一躲直接一脚踩空，整个人毫无防备地向后倒去。

"喂，你——"

从楼梯上跌落的那一秒，他的大脑一片空白，只听见一道陌生的、慌张又干涩的声音在叫他的名字——

"路尧！"

随之而来的是铺天盖地的黑暗，来得很快，他甚至没来得及思考那是谁。

是江因吗？

可是江因又不会说话，也不在家，他还在考试呢，今天的考试对他来说很重要。

他没有如期赴约，杨灿灿会难过吗？会觉得他还在恨她吗？

现在……这些好像都不重要了。

路尧彻底坠入那片无边的黑暗，失去了所有意识。

再醒来时，路尧眼前白茫茫一片，消毒水的味道刺鼻得很。他意识到自己可能在医院，挣扎着想从床上坐起来，却感到突如其来的头晕，又软绵绵地跌进枕头里。

他想伸手摸摸自己那脆弱的脑袋，看上面是不是被楼梯磕出了个洞，却被另一只手按住，一道艰涩的声音缓慢地说："不要……乱动。"

路尧皱了皱鼻子，扭头去看坐在床边的家伙，心想到底是谁这么烦人，却对上了江因的眼睛。

"你能说话了？！"他震惊地看着江因，不顾自己干得要命的喉咙，发出的声音难听得仿佛在拉锯。

江因点点头，却没松开按着他的那只手，先抬头看了眼输液袋上的刻度，然后才断断续续地回答他："因为当时……情急，突然……可以……出声了。"

虽然不是病理性的失语，但因为太久没有开口，江因也需要慢慢地适应发声过程，因此说话有些生涩。

他没跟路尧说得太详细，之后便拿出手机打字，告诉路尧他得了脑震荡需要卧床静养，有什么需要的他会带过来。

打完字以后他也没走，倒了杯水递给病床上的路尧润喉。

刚得知江因可以说话的兴奋劲过去后，路尧又开始头晕，他叼着吸管喝水，又盯着江因的脸发了会儿呆，才想起什么似的问："路明辉有没有打你？"

江因摇摇头。

"他听见有人来就跑了。"

而且大约是怕要他负责，路明辉跑得飞快，根本追不上。

怕路尧出事，江因当时顾不上去追路明辉，匆匆请邻居帮忙叫了救护车，又给叔叔发消息，问他路尧这种情况有什么办法可以紧急处理。

等一切混乱尘埃落定，他在医院走廊里碰上赶来的叔叔，才在对方提醒下后知后觉地意识到自己也该去做检查。

检查结果还不错，虽然医生建议他到大医院再做一次系统复查，但目前情况不赖，他可以先留在医院里照顾路尧，直到他醒来再做打算。

江因打字告诉路尧："叔叔本来说要留下照顾你的，不过被我赶走了。他这两天跑前跑后没少忙活，等下人来了你记得好好感谢他。"

路尧没应声，只是盯着他看，江因被他看得不自在，迟疑道："怎……么了？"

"我还没谢谢你呢。"路尧说。

他没想太多，只是有话就说，可江因明显愣了愣，随即低下头，没搭理他这句道谢。

"怎么了？"同样的问题，问话的却变成了路尧，他有点茫然地看着江因，没明白自己说的话有什么不妥，"我只是觉得——"

"308床的小朋友，换药啦。"

推门而入的护士打断了他们莫名其妙的客气时间，江因立刻站起身给她让出位置，用买东西的借口跑了。

路尧的后脑勺被楼梯磕出个口子，头发也在清创时被剃掉一块。

他龇牙咧嘴地被换了一轮药，起初还在想江因怎么跑得那么快，到后来脑海中的想法却已变成"幸好他不在，不然这也太丢人了"。

护士换完药就走了，病房里很快只剩他一个人。

路尧先给不知跑去哪儿买东西的江因发了条消息，然后点开未接来电。

果然有属于杨灿灿的来电记录，而且不止一个。

路尧的手指悬在回拨键上好几秒也没按下去。

他盯着杨灿灿的名字看了一会儿，发现自己暂时还没酝酿出勇气。

他怕杨灿灿已经走了，又或者因为他的失约而生气，更怕电话接通后杨灿灿问的第一个问题会是"你到底跟不跟我走"。

他还没做出决定，即使那天路明辉没有出现，他如约去车站见了杨灿灿，也只能给出这个答案。

江因推开病房门时看到的就是路尧这副愁眉苦脸的样子，他把饮料放在柜子上，正要问路尧在做什么，眼角余光就瞥见了手机屏幕上杨灿灿的名字。

"想笑就笑吧，"路尧闷闷不乐道，"我是胆小鬼。"

可江因没有笑他，只是看了看输液袋，然后在手机上打字。

"不知道该说什么的话，我来替你发条消息吧。"

两年后。

烈日炎炎，蝉鸣聒噪得能把人吵出耳鸣，路尧抬手擦去额角的汗珠，烦躁地仰头去看公交站牌。

按照上面的时刻表，下一班车早该来了，但太阳顽强地一动不动，该来的车却迟迟未到，他已经在这儿晒了半个小时，连个遮阳的地方都没有。

"什么破车啊，说好的十五分钟一班……这家伙是不是在骗我？"

他把视线从站牌上移开，又看了眼手表，再抬头时终于瞥见自己等的车从远处驶来。

靠站停车后有几人陆续从车上下来，走在最后的一个人穿着白T恤和牛仔裤，清清爽爽的，跳下车后朝他挥挥手："你提前到站了？"

"是你迟到了，我等了很久。"路尧没好气地说着，提起放在脚边的大箱子，走到他身边。

江因笑笑，没理他的习惯性抱怨，率先迈步往不远处的校门走去。

"走吧，我租的房子在西门外，得走一段路，顺便带你参观下我们学校。"

路尧紧走两步追上去："这可没完，你得请我吃冰糕。"

江因点头。

"要五毛一根那种。"

"你饶了我吧，食堂小卖部可没那个。"

"那我不管，你得补偿我。"

江因拿他没办法，无奈地停下脚步，从裤兜里摸出饭卡递给他。

这是让他自己随便买的意思，路尧总算满意了："这还差不多。"

还有两天才是大学新生报到的日子，他提前过来自然是因为江因在这儿。

大学城总共就那么几所学校，美院和他未来四年要念的学校只隔一条大马路，说是邻居也不为过。

南方沿海城市的夏天是大同小异的酷暑难耐。路尧跟着江因在林荫道上穿行，先去食堂刷江因的饭卡买了冰糕，然后才慢吞吞地沿路往西门走。

江因帮他背了个包，边走路边问他："你提前过来是怎么跟杨阿姨说的？"

"就说来找你啊，"路尧也有样学样地不看路，仰着头看西门旁边那棵爷爷辈的老榕树，"她忙得很，本来也没空送我，我就自己先过来了呗。"

杨灿灿去年刚结束了和路明辉的离婚官司，顺利胜诉，路尧跟她一起生活。

她工作忙得脚不点地，其实没多少时间照看路尧，好在路尧过去以后适应得不错，从高二开始补习基础，倒也慢慢跟上了学习进度，总算没落得高中毕业去捡垃圾的下场，最后还考了个不错的大学。

杨灿灿原本想送他出国，但见路尧非要来读这个第一志愿填报的学校，也就随他去了。

这些江因都不知道，路尧只告诉他自己有书可读，不日就要开学，别的一概不提，他自然一无所知，只为路尧考上好学校而感到高兴。

"好热啊。"

小区楼下有棵大树，路尧好不容易寻到这片荫凉，站在底下扯着衣领扇风，见路边有水果店，提议去买西瓜吃。

"我们先上去把行李放好，过会儿我再下楼买。"江因慢吞吞地说，"你不是热吗，先上楼冲个澡吧。"

路尧应了声好，跟着他爬楼梯上楼，人都进浴室了，又突然从里面探出个脑袋来。

"怎么了？"江因都准备下楼了，听见开门声又回头看他，"缺什么东西吗？"

"没什么，就突然想起我第一次去你家的时候也吃了西瓜，感觉像个夏日轮回。"路尧一脸无辜地和他对视两秒，然后笑起来，"西瓜记得买冰的，我要用勺子吃。"

浴室里很快响起水声，江因笑着拿了把伞出门，在楼梯间里忍不住也看了眼窗外的炎炎烈日。

确实很晒，太阳在天上拼命挥洒它的热情，好像想赶时间把自己燃烧干净似的，没完没了地散发着热度。

　　原本他也觉得有点难挨，平时能不出门就不出门，不过今天
路尧一来，好像酷暑也变得没那么难以忍受。

　　夏天又到了。

End

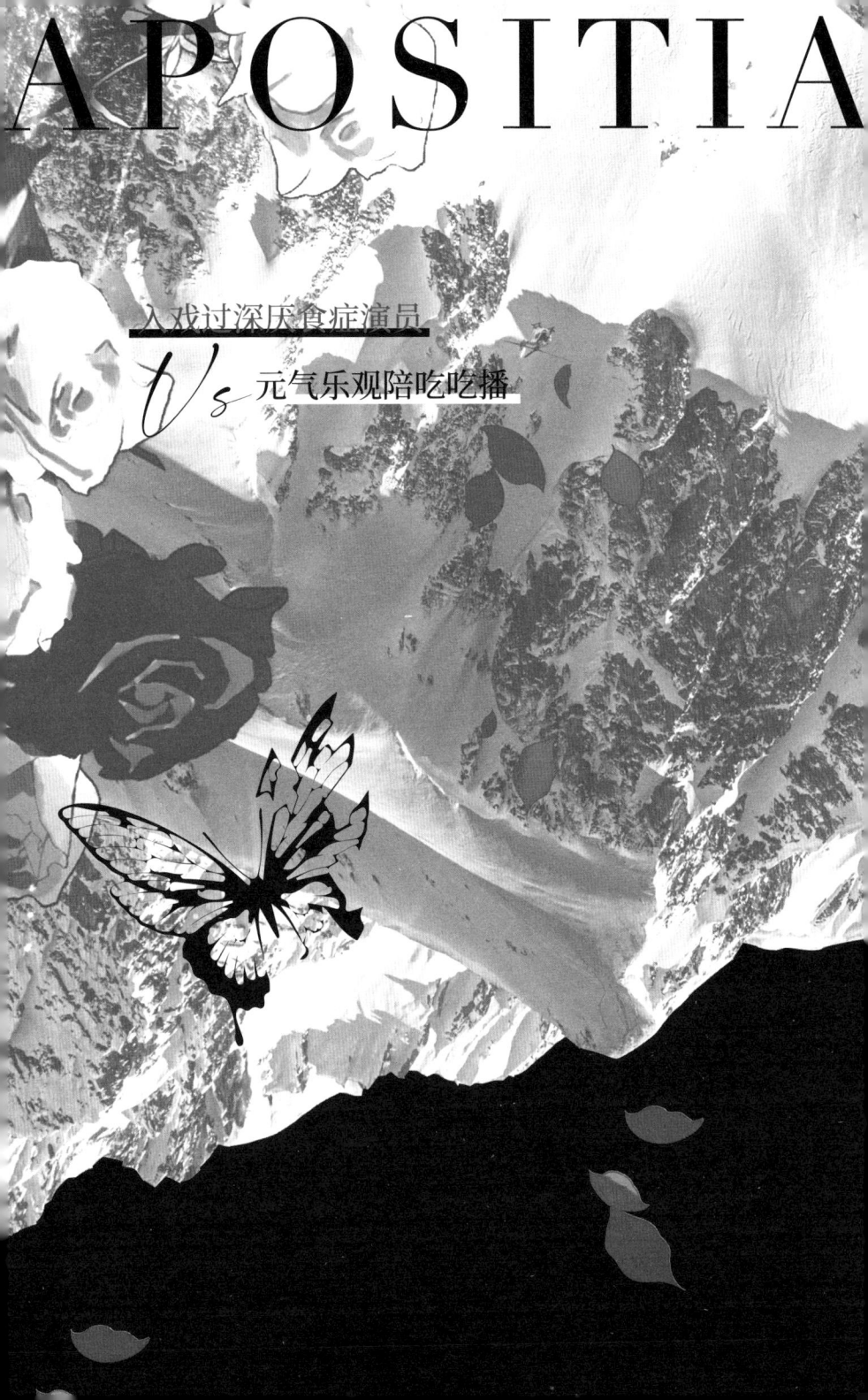

APOSITIA

入戏过深厌食症演员

Vs 元气乐观陪吃吃播

APOSITIA

我 邀 你 一 起 尝 遍 人 间 烟 火 。

文 暧昧散尽

厌食症
和真香

Apositia

厌食症和真香

Aposita

文/暖昧散尽

微博@暖昧三斤

待会儿去码头整点薯条。

———— 叶 ————

"长话短说，我想雇你陪我吃饭。"

夏之恒放在桌子下的手指无意识地卷着餐桌的桌布，内心正因近距离见到活的裴焕而飞快地滚动着"弹幕"：好帅！好酷！好瘦啊……

听到这句话后，夏之恒像只被奶酪砸中了脑袋的仓鼠一样愣了愣，又点了点头。

夏之恒其实很清楚此行的目的，裴焕的助理已经提前跟他沟通过了。

裴焕是一名明星，二十二岁的年纪，正值颜值巅峰。

他明明能以颜值获得夸赞，偏选择拼实力，连轴拍了几部电影和电视剧，因为在新剧里演技获赞，各种邀约不断，忙得几乎全年无休。

这样一位亮眼的预备役影帝，本应该应酬不断，一堆人排队想与他共进晚餐，然而裴焕却看上了夏之恒，花钱请他和自己一起共进晚餐。

确切地说，他是看上了夏之恒的吃相。

夏之恒是一名网红，在视频平台上做吃播，工作内容就是对着镜头品尝一盘盘美食。

夏之恒适合干这一行，他外貌清秀，有副唇红齿白的少年相，笑起来的时候脸上的酒窝跟盛了蜜一样，吃东西时酒窝若隐若现，仿佛给食物添加了愉悦的佐料，作为吃播观感很好，至少观众都这么评价。

在夏之恒直播间的弹幕里，出现得最多的两个字就是"真香"。

就连他早期为搏流量，吃芥末拌巧克力冰激凌的猎奇视频，弹幕里都有人直呼主播吃得让人好有食欲，跃跃欲试地想跟着他来两口。

夏之恒吃饭很香，而裴焕患上了厌食症，需要一些食欲上的引导。

夏之恒缺钱，裴焕付他工钱。

两人达成共识。

裴焕轻轻地点了下头，眉宇之间显出几分冷郁的疲态，在等待菜品上桌前，不声不响地看起手机。

裴焕看过夏之恒的吃播，而夏之恒接到裴焕的助理打来的电话时，正在看裴焕出演的电视剧。

两人也算隔着屏幕组过饭局。

夏之恒因为剧中的角色熟悉了裴焕，首次看到真人，他耐不住好奇，暗暗地打量着对方。

裴焕本人比镜头里看起来还瘦，唇色都带着有些贫血的苍白，显得他的眉目更为深邃。

他气质出尘，一身清贵范儿，不食人间烟火，仿若出世高人。

他这种形象做吃播肯定不行。夏之恒在心里摇摇头。

但夏之恒又想，自己要是有裴焕这么一张俊脸，一定可以收获更多观众，也不用为了凑直播时长而吃个不停。他最近脸都圆了一圈，匀裴焕五斤肉都不成问题。

正在夏之恒大方地想"他匀给裴焕十斤肉也不是不可以"的时候，看起来不食人间烟火的裴焕从口袋里拿出一盒烟。

裴焕在新播的剧中饰演一名罹患绝症、阴狠又暴戾的反派，是一言不合就冷笑着捅人一刀的那种狠角儿，但相比演绎出的角色，忽略众星捧月的明星光环，裴焕本人的性格不温不火，意外地好相处。

裴焕扬了扬手中的烟，问他："介意吗？"

这家餐厅是私厨，两人坐在独立的庭院中吃饭，店长都不管裴焕抽烟，夏之恒对这个临时老板自然没什么意见。

不多时菜就全被端上了餐桌。

炝炒清蒸，从生鲜到热食，应有尽有。以小火煨炖出全部滋味的骨汤热腾腾地散发着诱人的醇香，麻辣的热菜与酱汁酸咸的生腌海鲜，小青龙、膏蟹、牡丹虾……满桌色彩鲜明的高饱和度美食，令人食指大动。

夏之恒吸了吸鼻子，惊喜地"哇"了一声。

菜是助理提前预订的，裴焕没问夏之恒爱吃什么，但上桌的这些菜几乎都是夏之恒在直播间里说过爱吃与想吃的。

裴焕将烟草的烟气在嘴里过了一遍，草草地摁灭了烟蒂，似乎满桌美食是什么疲于面对的烦心事。

他先拿起手边的柠檬水喝了一口，招呼夏之恒道："吃吧，不用客气。"

明星的助理都很注重自家艺人的隐私，与夏之恒沟通时只轻描淡写地说裴焕近期食欲不好，想要有人陪同吃饭。

因此夏之恒也不知道自己这名陪吃该尽什么义务，闻言便用筷子就近夹了一块花椒鸡，放在嘴里嚼了两下，一伸脖子，囫囵地咽了下去。

裴焕目光定定地看着夏之恒，在夏之恒停下筷子以后，冲他抬了抬下巴。

他清减的下颌骨有种刀锋般的锐利感，英俊得惊心。

但夏之恒此刻无暇欣赏外在美，只是被盯得直犯嘀咕，心脏跟受惊的兔子一样乱蹦了起来。

夏之恒在裴焕的示意下又苦着脸咽下两块鸡肉。

裴焕莫名皱了下眉。

夏之恒突然入戏，把裴焕代入了对方饰演的恶毒反派，内心紧张又害怕，差点被花椒粒卡到嗓子——这该不会是什么鸿门宴吧，那他就危险了！

夏之恒吃鸡肉，裴焕也揾起一块鸡肉，夏之恒吃生腌蟹，裴焕化身学人精，也夹了半只蟹。

脂满膏肥的蟹块浸满酸辣开胃的酱汁，在筷子的挤压下金黄流油，蟹肉与蟹黄拌在松软温热的米饭上，一口下去便尝到十足的鲜香。

两人却吃得一个比一个面无表情。

裴焕用公筷将每道菜都夹了一些放到夏之恒的碗里。夏之恒不敢开腔，仿佛一头好喂养的猪一样，给啥吃啥。裴焕的脸色越来越凝重，夏之恒的表情越来越痛苦。

古有神农以身尝百草，今有夏之恒以试毒的心情接受投喂。

"我看过你的直播，还以为这些菜会符合你的口味。"

裴焕低下了头，用筷子戳着蟹壳里的肉，一点点地吃着。

他因为厌食症从心理上抗拒着进食,感受不到食物原有的美味,因而做不出准确判断,脑袋顶上的发旋都显得忧郁了起来,泄气地说道:"我感觉你吃得不是很开心,是不好吃吗?"

夏之恒一呆,他原以为是裴焕的助理发现并找上的自己,压根没想到裴焕竟然是他直播间的观众,而且还为这顿饭做过功课。

"不,这些菜很好吃,我刚刚是有些……怯场,您还看过我的直播呢?"夏之恒小心地看向他。

裴焕顿了顿,道:"我是你直播间的榜一。"

与此同时,夏之恒用了几年的手机迟钝地推送了一条来自视频平台的打赏提示,正是刚刚沉默地摆弄手机的裴焕付给夏之恒的陪吃报酬。

夏之恒瞪圆了眼:"你是赔光光?"

"焕"的词义为光明,裴焕起的这个昵称好像也没什么问题,但谁能将这么一个有卖萌嫌疑的昵称和面前这位气质出尘的大明星放在一块儿联想呢?

"赔光光"很有身为榜一大哥的骄傲,坦然地点了点头。

我追的电视剧里的魅力反派,竟然是我的榜一大哥?

原来他们竟然是双向奔赴,夏之恒跟被打了一剂强心针似的,心态瞬间就稳了。

这可真是好办,又不好办了。

夏之恒做吃播时的画风其实很狂野。

吃播这行内卷得厉害,夏之恒"卷"其他人之所"卷"。

但凡热门的、吸引眼球的、能搏流量的食物,基本都在他的食谱上。

从家常菜到全虫宴,还有自创的香蕉炖香菜等奇葩菜系,夏之恒全都尝试过,有些吃播视频还挺重口味的。

夏之恒有些小害羞:"让您见笑了。"

"不会，我很喜欢看你的视频。"裴焕语气低沉道，"我很羡慕你有那么好的胃口，看你吃东西很解压，我也会跟着有些食欲。"

夏之恒这下清楚自己该怎么陪吃了，只要拿出直播时的状态就可以了，不过……

夏之恒饭量算是偏大的，有段时间还走过大胃王的吃播路线，他状态好的时候胃里能装下四包火鸡面，外加俩荷包蛋与一把烧烤炸串。

将"光盘行动"精神刻在 DNA 里的夏之恒犹豫地道："这一桌子的菜，只有我们两个吃吗？会不会有点多了？"

"怕你不够吃，所以多点了几道菜。你不用担心浪费，老板会将剩菜做二次处理，喂给附近的流浪猫狗。"

这家私厨裴焕总来，托裴焕厌食症的福，附近的流浪猫狗俨然过上了小康生活，各个膘肥体圆。

夏之恒笑眯眯地嗅了嗅食物的香气，像直播时那样用幸福的语气说道："那我就不客气地开动了！"

破冰之后，夏之恒的话匣子也逐渐打开了。

夏之恒直播时就爱和观众互动，想到裴焕说过的"羡慕"，便开始边吃边和自己的老板唠起家常："你为什么吃不下饭啊？"

裴焕以给盘中食物做手术般的精细动作，仔细地将一只虾断成了九截，吞药一样地吃着："我之前出演了一名患有胃病的角色。"

"我知道，我正在追你演的那部剧！"夏之恒缓慢地眨了下眼，猜测道，"是因为入戏太深吗？"

在这部剧中，裴焕饰演的角色身患胃癌，出场就在呕血。

剧中的经典片段之一就是他因为食不下咽，扯翻了餐桌上的红色餐布。

夏之恒还记得裴焕逆光跪着，神经质地用手将残羹冷炙向嘴里塞的画面，那种被病魔蛀空般的枯槁与不服死的精气神几乎被裴焕演活了。

"其实是我为了贴合角色形象，过度节食减重导致的胃口受损——可能也有点没出戏吧，拍这部戏时我的压力很大。"

夏之恒立刻给予真诚的肯定："你演得超级好，虽然是反派却让人又爱又恨的，我每周都抓耳挠腮地等更新，希望你晚点下线，多作几集的妖。"

裴焕沉郁的心情被夏之恒开朗的笑容划出一道小小的宣泄口，他勾出一点笑意，沉吟着、轻度地剧透了一点："我的角色在剧中的最后一幕里，穿着白衬衫。"

简短、隐晦，却有种微妙的故事感。

夏之恒施展脑补大法："我的眼前有画面了，更加期待后续剧情了！"

"最近各种活动很多，所以我现在的这种状态不行，要尽快将偏低的体重调整回去。"作为公众人物，裴焕连头发丝都被镜头聚焦着。

夏之恒懂了，找准了自己陪吃的目标——让老板多吃一点，长胖一点！

于是为对方夹菜的人换成了夏之恒："这个溜鱼片闻起来好香啊，你尝尝。"

裴焕就跟挑食的幼儿园小朋友一样，眉尖抽了抽，捧着碗，为难地接了过来。

夏之恒灵机一动，也为自己夹了一筷子鱼肉，"嗷呜"着放进了口中，细细品味。

在夏之恒的带动下，裴焕有样学样，连着吃了两片鱼肉，并久违地尝出了点鱼肉的鲜香。

两人在和乐的氛围下吃完一餐，夏之恒吃光了两大碗米饭，裴焕却仅仅吃了茶盏那么多的一碗米饭。

但对裴焕来说，这已经算是吃得很多了。

裴焕业务繁忙，接到了经纪人的电话后，与夏之恒道别："和你用餐很愉快，在体重回到标准重量前，我还会跟你约几次饭局，再会。"

夏之恒美滋滋地答应，又不禁在内心里感叹——

三百六十行，行行都内卷，艺人也很难，为了贴合角色的形象病态地塑造体形，过后还要再进行身材管理，将外形调整回符合大众审美的样子。

生活就是很难。

夏之恒笑着与裴焕挥手告别。

在裴焕消失在他视线范围内之后，把开朗写在脸上的夏之恒突然变得面无表情，眼神的深处隐隐现出为难的情绪，将嘴里的饭菜强咽进了肚子里。

02

今天流浪猫狗没口福了，夏之恒将剩菜全部打包带了回去。

夏之恒虽然在吃播界小有名气，但挣来的钱都用来还母亲就医欠下的债了，生活实则很拮据，日常直播吃的食物走的是平价小摊风。

好在他乐观，嘴上吃着蛋炒饭，给观众描绘的味道却像在吃满汉全席。

好不容易奢侈一餐，他自然要将打包的豪华剩菜拿来做吃播，并配上一个夺人眼球的标题：比正餐还豪华的打包剩菜，你想试试吗？

刚打开直播，夏之恒就收到了榜一大哥"赔光光"的打赏。

赔光光：……

赔光光："下次让他们直接做好打包，别吃剩菜了。"

夏之恒立刻笑眯眯地跟赔光光道谢。

弹幕立刻热闹了起来。

"吱吱是和榜一大哥约饭了吗？男孩子在外边也要保护好自己。"

网络昵称为"之之为吱吱"的夏之恒看了这条弹幕，对后半句表示附议："对的，大家约见网友一定要注意人身安全。"

"主播前段时间在忙什么呢，断播了那么久。"

夏之恒顿了下，牵强地笑笑："我家里出了点事情，为了感谢朋友们一直以来的支持，最近几天都会加播。"

母亲去世后，夏之恒断播了半个多月，互联网上人们是很健忘的，再开播时他的热度明显降低了一个档次，但他要偿还母亲就医欠下的债款，只能积极营业。

夏之恒是在机缘巧合下成为吃播的。

两年前夏之恒的母亲罹患肾病，逐渐严重到需要透析换肾的程度。

手术费与长年累月的药费支出需要这个离异家庭卖掉住房才能勉强承担。

那时的夏之恒才满十九岁，在医院拿着诊断书一言不发地站了良久，抬起头抹了把脸就回学校找辅导员办了休学手续。

他在餐馆里端盘子，虽然挣不到太多钱，但却是他眼下最快的挣钱方法了。

那家餐馆主打时下流行的 ins 风（Instagram 上的图片风格，风格偏向复古冷调），有不少打扮精致的年轻男女来打卡和录制美食视频，还有直播分享就餐体验的人，夏之恒在顾客的手机里看到并了解了吃播这个行业。

夏之恒长大的胡同大院里邻里关系亲善，邻居们时常邀请因为母亲忙于工作而被迫吃快餐的夏之恒去家中做客，从小就被长辈夸吃相讨人喜欢的夏之恒找到了出路。

他用那台高中成绩第一时学校奖励的旧电脑，宅在出租屋里兼职做起了吃播。

从之前的无人问津，到现在的小有名气，夏之恒并不是顺风顺水过来的。

在视频点击量与直播观看人数为零的那段时期，夏之恒也想过去做些别的，但他一无高学历，二无拿得出手的履历，更别说他的身体也不太好。

夏之恒只有一颗肾，另一颗肾捐给了母亲，现在已经陪同去世的母亲一起变成了埋藏在墓地里的一坛骨灰。

他尽了最大的努力去挽留母亲，因为尽力过，所以并不是很遗憾。

一颗肾不影响他健康地活着，但他做不了太重的体力活，吃播对他来说是一份很好的工作了。

而且他的直播能为食欲不振的人带来快乐，夏之恒也产生了一点小小的职业荣誉感。

打包剩菜的视频得到了全方位的好评，平台正大力提倡节俭精神，将夏之恒的视频放在了美食区的榜首，夏之恒趁热打铁，在晚间的黄金时段又开启了直播。

"当当当当，今晚的加餐是加麻、加辣、加烫的麻辣烫！"

夏之恒挑起一筷子冒着热气的宽粉条，在镜头前给粉丝们展示："粉丝先吃。"

说完，夏之恒津津有味地吃了起来。

吃到一半，夏之恒发现时间正赶上裴焕出演的连续剧更新的时间，便兴致勃勃地点开了播放界面："八点了，开启观影模式！"

他营造出与观众一起看剧的氛围，边放着剧边吃东西，不少路过的剧粉也纷纷涌入，直播间里一时热闹非凡。

剧情展开到高潮阶段，弹幕纷纷就正反派的交锋展开热烈讨论。可能是因为弹幕对裴焕的频繁提及，原本和谐的直播间里突然出现了不和谐的声音。

"裴焕的路透上热搜了。"

"怎么动不动就有他的热搜？他现在真的太瘦了，很难看。"

……

夏之恒闻言点开了热搜，果然看到几张媒体新放出的裴焕的路拍图。

但是凭他前几天刚见过裴焕本人的经历来看，这些图显然是被恶意丑化过的。

夏之恒眼见为实，试图为裴焕正名："这些图是处理过的，裴焕本人特别帅，性格也超级好，而且他现在是走实力路线的演员，大家没必要对他那么苛刻。"

夏之恒正努力地解释着，直播间里突然飘过一条"赔光光"的打赏信息。

夏之恒看到打赏人的名字，耳根有些发烫，他都没注意裴焕是什么时候进他直播间的。

先前裴焕一直没说话，这会儿却因为夏之恒对他的维护发了一条弹幕。

赔光光："真的很帅吗？"

夏之恒笑出一对酒窝，对他喜爱的明星兼大方的老板施以最浮夸的敬意："他真的很完美！"

裴焕不觉得自己完美。

赔光光："可我不这么觉得。"

前脚还因为夏之恒维护自己而打赏的裴焕，仗着除了夏之恒没人知道他的身份，后脚就踩起自己来。

赔光光："他确实瘦得挺丑。"

夏之恒被这不按套路出牌的发言噎得目瞪口呆，直播间里的裴焕粉丝们却一下子炸了锅，吵着让"赔光光"道歉，还要求夏之恒约束自己粉丝的言论。

"吱吱你倒是吱一声啊。"

夏之恒善用语言的艺术，认真地回复"赔光光"道："但凡您多照照镜子都说不出这种话。"

裴焕粉丝以为夏之恒在骂"赔光光"，裴焕却知道他其实是在夸自己，于是皆大欢喜。

～ 03 ～

裴焕不是故意在直播间闹事的，说出来可能没人会信，裴焕是真的不自信。

裴焕与夏之恒签了两个月的陪吃合同，不过他很忙，他们只会隔三岔五地见一面。

两人数日后再次约饭局，依旧在上次那家私厨里。

网络上遍布着形形色色的人，如果将裴焕当成网友看待的话，那裴焕显然是夏之恒在这个光怪陆离的网络洋流里遇到的最特殊的那一位。

裴焕演员与网友的双重身份，让夏之恒与他真人相见时感觉很微妙。

毕竟夏之恒正追剧上瘾——前一秒裴焕还是剧中蛰伏在暗处，准备害人的反派，转眼他就跳出手机屏幕，坐到了自己的对面，令夏之恒很想撂下筷子拨打报警电话。

然而却是裴焕先撂下筷子。

裴焕一开口就完全脱离了角色的气质，他语气和缓，说出的话

177

却透着股低迷的意味："介意我抽根烟吗？"

他看着裴焕还如前几日那般清瘦，郁郁寡欢，拿烟的手指竹节般骨骼分明，令人想要关心一番。

裴焕说着要增重，却连一顿饭咽下去几粒米都能被数出来。

因为互为观众的羁绊，双方自然地多了几分熟络。

夏之恒说："我更介意你吃得太少了。"

裴焕饰演的角色让夏之恒联想到了病故的母亲，夏之恒因为对角色的动容而对裴焕爱屋及乌，何况对方还是一位出手很阔绰的主顾。

"这段时间你的胃口没有好一点吗？"

夏之恒扒拉着手指盘算，跟着忧愁："你看我直播也挺久了吧，要是你一点都没有好转，我感觉我也挺挫败的。我是不是要退你的钱啊，可是我钱都花出去了，要不你再尝一口这个？我看你刚刚吃这个的时候没皱眉。"

"有好起来一些。"夏之恒逗趣的语气驱散了裴焕眼底的阴霾，"不需要你退钱。"

"那我也要拿钱办事啊。"夏之恒积极地给裴焕布菜，为裴焕夹了颗鱼丸。

裴焕顿了顿，还是端着碗接了下来："其实我是习惯了。"

把一颗鱼丸分成四瓣来吃，这些都是他之前的习惯。

"我不是科班演员出身，刚出道时只能走偶像路线，我是团队里所谓的'门面'，经纪人对我的体重要求精确到了小数点后两位的数字。从那时起我就在节食维持体重，已经几乎有两年没吃过主食了。"

夏之恒眨了眨眼，他原以为在这个流量至上的圈子里，有裴焕这样的颜值，就能如螃蟹一样横着走，想要获得各种影视资源都轻而易举。

但原来光是维系外表这件事就是一道难关。

外表光鲜亮丽的小孔雀，私下里也有着不自信的一面。

被镜头放大了瑕疵，于是便怀疑起自身是否真如他人口中那般亟待改进。

裴焕拼命演戏的原因就是不愿被过度关注外表，想以实力来证明自己。

他确实做到了，但代价是换来病态的身心状况。

明星不过是被过度包装与神化的普通人，在外界的追捧与期待下飘在高处难降落。不怪裴焕走不出角色，就连夏之恒这个看戏的有时都会有恍惚。

夏之恒有些感慨，觉得自己要为这位"神仙"供奉点人间烟火。

"下次换我请你吧。"夏之恒敲定主意。

于是再相约时，夏之恒将裴焕带到了旧城区的夜市里。

～～◯4～～

时值秋末，日夜接替仿佛只在一瞬之间，天边最后一丝云霞烧得通红，暮色在往来食客的身上笼罩下一层暗淡的纱幕。

虽是在旧城区，夜市里的环境却并不脏乱。

排成长龙的摊位被逐渐点亮，用一根杆子挑起的简易灯泡将琳琅满目的小食渲染上鲜明的色彩，各色的霓虹灯招牌亦是复古的样式，将店与店之间既分隔又串联在一起，一眼看去时会有种奇异的穿越感。

裴焕站在熙熙攘攘的街口，总算知道夏之恒为什么让他拿出躲狗仔的架势全副武装后再赴约了。

"我的吃播素材有时会来自这条小吃街，你要不要一起逛逛啊？"

裴焕冲着眼神热切的夏之恒轻轻地点了下头。

下一刻，他的身体突然被带动，夏之恒拉着他的胳膊，两人一起疾步迈进了这场喧嚣里。

这个时节的夜晚，鸭舌帽跟卫衣帽子叠戴是很常见的搭配，戴口罩也很常见，但要将这些都组合在一起，再加副遮脸的墨镜就有些古古怪怪了。

好在街上人群拥挤，往来食客的注意力都被光亮处的餐品吸引，无人关注身边的人，裴焕便好奇地四下打量起来。

卖煎饼果子的小贩动作麻利地热锅刷油，一勺面糊很快被摊成一张冒着热气的薄饼，左手加鸡柳，右手放生菜，夹上两片薄脆，迅速卷成卷，切开装袋。

买家接过，吹了吹热气，大口地咬下一块。

捏糖人的小摊前聚集着一堆小朋友，大人以蛀牙恐吓，周围看热闹的人居多，店家态度也乐呵，在一众小豆丁崇拜的目光中，神乎其技地展示着久远的传承。

夏之恒仿佛一名导游，语气轻快地介绍着："这家烧烤摊的手把串味道出了名的好，你看这个回收签子的桶，一晚上就能满得跟刺猬一样……这家原本是卖关东煮的，因为赠送的饮品太受欢迎，现在只卖果茶了，我之前挺喜欢他家关东煮里的白萝卜，又大块又实惠……"

夏之恒倒退着走，差点和一名低头看手机的人撞在一起，裴焕没有出声提醒，而是反应迅速地上前，将夏之恒拉向更为空旷的一侧。

"离我近点，再有人撞过来我怕拉不到你。"

夏之恒笑着应声，走近那刻他闻到了裴焕衣服上淡淡的木质香。裴焕像一棵孑然而立的青松，与这条烟熏火燎的街道并不相融，却也真实。

两人转为并排走，夏之恒对着一家店指指点点："他家的虫子是我之前拍全虫宴视频时吃的。"

夏之恒凑近裴焕轻声说道："除了烤蚕蛹，其他的虫子口感都好诡异，避雷了。"

裴焕捂在口罩下的嘴角翘起笑意，为了能更清楚地听见夏之恒的声音，他摘掉了扣在头上的兜帽。

"那期视频我看了，感觉你吃得还挺开心的，不过我怕虫子，只看了三分钟就关掉了。"

全虫宴视频的封面与标题都有预警提示，"赔光光"不愧是榜一，竟然还看了三分钟。

夏之恒假咳道："做吃播也是需要演技的。"

"你喜欢甜食吗？这个婆婆做的糯米糍可正宗了，她还创新了口味，现在还有巧克力馅的。

"这家卤味据说用的是百年的老汤底，煮鞋底都好吃，你在边上等一会儿，我来排队。"

卤味摊前大排长龙，裴焕站在暗处等待。

他推高鸭舌帽的帽檐，摘掉墨镜，周遭的景色立即从无趣的黑白变得生动多彩。

笑声与吆喝声喧闹个不停，裴焕略微拉下口罩，呼吸间是浓重的油烟味以及从江面拂来的夜风的气息。他感受当下，心里反而有种清爽的宁静。

夜市里的店家都很高效，不多时夏之恒就收获满满地回来了，手上除了卤味还拎着其他店里买来的小食。

夏之恒请客请得很有诚意，将他认为好吃的东西都买了一遍，想给裴焕尝尝。

最后夏之恒将裴焕带去了临近街尾的一家小店。

店老板的头上套着个一次性防尘帽，远看像个烫着泡面头的包租婆。

但当他的脸一抬起来，性别一下子就明朗了。

夏之恒冲这位络腮胡子的大叔唤了声："康伯。"

康伯看到夏之恒后脸上的笑纹更深了些："小夏过来了。"

夏之恒将裴焕带到了摊位后边的帐篷屋里。来夜市的人以游逛为主，堂食的人并不多，夏之恒找了个背街的位置，将买来的小吃都敞开摆在桌子上。

他没白蹭地方，又找康伯下单了一把炸串。

圆鼓鼓的包浆豆腐、被炸到微焦的蘑菇、夹着香菜的豆卷、金黄软糯的苕皮、刷着甜辣酱的炸里脊、裹满孜然粉的淀粉肠……小木桌被摆得满满登登的，桌边的盘子悬空着半边才勉强放下。

夏之恒跟康伯提前告知过，所以当康伯看到脱下戏服、从屏幕里"下凡"的裴焕也没多惊讶，朴实地笑笑，帮着打掩护。

他在两人的座位前挂了道布帘，为他们圈出一方隐蔽的小空间，上完菜又到外边吆喝生意，接着忙去了。

"这条街上最解馋的小吃还得是康伯家的炸串，我小时候和妈妈在晚上沿着江边散步时总会找各种理由走这条路，哪怕吃得再饱，最后也要来点一串炸里脊。"

被热闹的环境带动，裴焕喝了一口夏之恒专门为他买的柠檬水后，也拿起一串色泽油亮的里脊，慢慢地吃着。

帐篷的四面是半开放式的，两人的侧后方就是江景。夏之恒的神色露出些怀念，用竹签指着路尽头的一片区域说："我家以前就住在那边。"

"你现在搬家了吗？"

夏之恒静了静，弯出一个略显牵强的笑："嗯，我的家人都不在了，住哪儿都一样。"

夏之恒将沉重的话题掀了过去，又回到当下。

"买遍这条街所有美味的小吃是我儿时的梦想，这会儿也算实现了。"

夏之恒合掌，冲他的梦想投资人拜了拜："说来我还要感谢你。"

"你的打赏给了我很多实质性的鼓励和帮助，真的谢谢你，我也会一直支持你——我会永远把你放在最喜欢的演员的位置上，裴焕，你就是我心目中最优秀的演员。"

裴焕被夏之恒突然的感谢闹得红了耳郭："快打住你的吹捧。"

夏之恒笑得灿烂，夜风袭来，仿佛将天边的星辰、江边的街灯都吹进了他的眼睛里。

"我叫夏之恒，恒星的恒。"

裴焕关注了夏之恒一年有余，他最早是在一个被网友挖上首页的视频里看到夏之恒的。

那时的夏之恒刚入这行，尚未褪去少年气质，开场白简单生涩，给人留下的印象却仍旧美好——恒星的恒，此时看来也不是虚假宣传。

两人边吃边聊着："再有一个月你的剧就要大结局了吧。"

"不清楚。"因为参演，裴焕知道剧情的发展，却没关注剧的播出动态。

"预告中是这样说的，"夏之恒举着果茶和裴焕碰了下杯，"希望剧结束的那刻，你能彻底从角色中出戏。"

裴焕顿了顿，温声应好。

夏之恒不忘陪吃的初心："这个卤猪蹄炖得好糯，闻起来好香，你尝尝。"

裴焕发现夏之恒吃东西前有个小习惯，会像探险的小狗一样先闻闻味道，推荐时也会说食物闻着如何。

裴焕跟复制参考教程一样，也走了这一流程。

食物的香气暖暖地飘进了胃里，被唤醒的饥饿感仿佛烟花一样生出微末的火花。

夏之恒积极地给裴焕布菜，将裴焕面前的餐盘堆得满满的。

"我吃不下东西时会幻想食物是各种不同的东西，比如游戏里的最终 boss、试卷上的压轴题、长生不老的灵丹妙药。"

夏之恒生动地比喻着，最后认真地道："或者把它们当成生活里的困难。"

裴焕将夏之恒独特的劝说，尤其是最后那句听了进去，哪怕这些食物曾在他食谱黑名单上，而且他仍在心理上觉得有种难入口的油腻，却还是将堆在盘子里的食物都消灭掉了。

夏之恒兀自拍着胸口打包票。

"这顿下来你要是不长膘，我把我胖出来的肉赔给你。"

裴焕说："先预支点吧。"

夏之恒在自己的脸上捏了一把，施魔法似的将手伸向裴焕的脸："给！"

裴焕眼睫动了动，蓦地一笑，抬起手轻轻做了个抓的动作，认真道："我收到了。"

两人通过幼稚的盖章，仿佛真的达成了赠予的约定。

05

一个月的完结倒计时仿佛变成了正在倒数的拆礼物的时限，无端令人生出一点期待。

其间夏之恒与裴焕又以三天见一次的频率约了两个星期的饭局，地点都在那家私厨里。

有次裴焕忙到爽约，于是夏之恒在私厨里录了一期视频，单独发给了他的榜一。

夏之恒只有一个胃，兼职陪吃以后，直播的时长明显缩水。

他为了降低拍摄成本，出镜的食物多数以自制为主，这下便试着转型为美食主播，将制作美食的过程也拍摄了进去，以减少吃的时长。

但转型的效果不太理想，虽然厨房和食材都很干净，但出租房里的陈设太破旧，很难吸引到新的粉丝，原来的粉丝又更爱看他的吃播，对新内容反应平平。

但他收到了裴焕的好评。

赔光光："感觉很不错，想吃。"

夏之恒是个行动派，对支持者的感激不仅体现在口头上，更在行动上。

再约饭局时就跟私厨老板借用了厨房，亲自操刀下厨。

裴焕安静地坐在流理台前的转椅上，看着夏之恒在香菇的顶盖上用刀切出十字花形。

从十七岁被星探挖掘出道起，裴焕就如展柜里的商品一样被固定在了镜头前。

吃饭对他来说变成了维持体能的流程，有些时候他甚至会跳过这一流程，更别说这样静下心来、近距离地观看一道菜是如何被制作出来了。

他眼中的这名小吃播博主，身上贴满外向的标签，偶尔会不顾形象地搞怪，像只围着向日葵"嗡嗡"忙碌的蜜蜂，勤劳又热情，却也有着感性细心的一面。

他处理食材时麻利而仔细，每片土豆的薄厚都一样，连豇豆的段都切得一般长短。

见裴焕只是安静坐着，夏之恒笑问道："你想帮忙吗？"

裴焕顿了下，点了点头。

裴焕很有帮忙的架势，也穿上了一条围裙，还带着花边。

夏之恒从背后帮裴焕系围裙带子，内心赞叹起对方优越的腰身比，以替不自信的小孔雀顺羽毛的心态，说起赞美的话："你这腰也太优越了！"

小孔雀反而收起了尾巴不让顺毛了，红着耳郭，板着脸："再说就扣你的打赏。"

夏之恒憋笑，在嘴边做了一个拉上拉链的动作。

倒是裴焕先破功地笑了出来，配合夏之恒演戏，又在夏之恒的嘴边虚拉了一下，解除了夏之恒的禁言："随便你说什么吧，我还挺喜欢听你讲话的。"

一个人就是一台戏的夏大厨上岗，炝锅颠勺，菜炒得有模有样，然而在加调料这一环节却停下来了。

"我做的菜通常讲究的是一个能看不能吃，一切服务于上镜是否好看。"

惯用手法包含但不局限于浓油赤酱，以半生不熟来确保蔬菜颜色鲜亮，以及狂撒辣椒粉刺激观众的食欲。

裴焕的脑门上缓缓浮现出一串"省略号"。

此刻的夏之恒在他的眼中很有无良导演说戏时的相似感。

夏之恒早有准备地给出提议："要不你自己来加调料吧。"

都说自己亲手做的饭，吃起来更有滋味，虽然这是心理上的玄学，但裴焕需要的就是心理暗示。

裴焕也没什么异议，站在开着小火的灶台前，手里拿着调料罐，对夏之恒发号施令时用的量词表示不解："若干是多少？"

夏之恒眯起一只眼，将食指和拇指捏在一起，拗出一个孔雀舞一般的手势，示意手指间一星半点的间距："大概这么多。"

裴焕：……

怎么感觉更抽象了？

于是夏之恒不那么抽象地答道："先加两克吧。"

裴焕手腕一抖，倒出了两粒盐。

"不是两颗，该说不说你手还挺稳的……没关系，再放，再放，停！"

夏之恒将勺子递给裴焕："老板先吃。"

裴焕化身试菜的小白鼠："有点淡。"

"少放点盐健康。"夏之恒捧来酱油瓶子，"用酱油综合一下吧。"

裴焕这次的手法略显狂野，他直接颠倒瓶身，一道优美的黑光倾泻进了锅里。

汤汁中咕嘟出的泡泡变成了黑色，试菜的裴焕脸色也跟着有点黑了："好咸。"

夏之恒积极补救，将锅里的汤滤掉一部分："问题不大，再添点水焖一会儿就好了。"

两人又来到另一口锅前，裴焕将这个烫手的主厨位置让了出来："还是你来吧。"

夏之恒自信满满地一通操作，依次放入胡椒粉、白糖、蚝油，然后在试菜的小碗里盛了一勺菜。

裴焕尝了一口，试探道："胡椒粉好像放多了，不确定，我再尝一口，咳，真放多了。还有这个肉……是故意做成七分熟的吗？"

夏之恒干笑，又加大火候翻炒了起来。

厨房里的锅碗瓢盆叮当作响，两人吵吵嚷嚷，跟搞科研一样对着瓶瓶罐罐的调料进行调配。

每加一味调料，裴焕便试吃一遍。

菜还没做完上桌，裴焕开口了。

"夏之恒……我已经吃饱了。"

裴焕这句怨念的话戳中了夏之恒的笑点。

夏之恒垂下了头。

看似是在反思自己厨艺虚有其表，实际上笑得直抖的肩膀暴露了他内心的欢乐。

"你再坚持下，最后一道炖菜马上出锅。"

这顿饭最终也没调出完美的味道，两人却都品味到了开心的感觉。

将吃当成工作后，夏之恒其实也很少能这么开怀地吃一餐饭了。

～ 06 ～

裴焕出演的连续剧播到大结局了，但热搜上横空出现的、与裴焕有关的词条却是条坏消息。

自上次约见后，因为裴焕工作不断，两人暂时断了联系。

夏之恒再次看到裴焕的信息却是在新闻里——裴焕晕倒在了节目的录制现场，脑袋撞上尖锐的器械，眉骨上缝了七针。

夏之恒在得知消息的第一时间拨通了裴焕的电话。电话被接通的那刻，不可触及的声音传递出真实的关心。

"你怎么晕倒了，听说你受伤了，伤口没事吧……"

这是裴焕晕倒后私人号码接到的第一通来电。

如果是别人，不论是电话，还是询问，裴焕都会觉得疲于应对，但对于夏之恒的问话，裴焕却每句都认真地回了，或许是因为夏之恒对他的关心同样毫不作伪。

"没事，低血糖而已，伤口也不疼了。"

裴焕说："不过脸上可能要落疤了。"

夏之恒赶紧安慰道："那你也是最帅的，你的优秀不单是外表决定的。"

裴焕无声地动了动嘴角。

"怎么会低血糖，是没有按时吃饭引起的吗？"

夏之恒兀自说着："虽然剧结束了，但你和我的约饭合同还没结束呢。我看你好像更喜欢面食，我特意跟康伯学了一手烩面，你别看他是卖炸货的，他当年可是靠着烩面俘获的康婶的芳心，这次保证色香味俱全，等你出院让你尝尝我真正的手艺。"

裴焕静默地听了许久，突然叫了夏之恒的名字："可能我确实好多天没有好好吃一顿饭了，突然很想见你。"

"刚醒时我想到中断的工作和可能会产生的舆论很郁闷，"裴焕用上了夏之恒开玩笑时的语气，"现在只想和你吃顿好的。"

夏之恒积极附和道："那你快点好起来。"

裴焕认真应道："好。"

然而意外再次发生，这次是夏之恒遇上了麻烦。

夏之恒的直播发生了严重的事故。

因为夏之恒最近直播时间有点短，粉丝拉扯着不让他下播。这种情形是夏之恒直播间的常态，有人断断续续地打赏，他也就断断续续地播着。

或许是太久没在胃里放过这么多东西，身体负担不过来，又或许是直播中段跟打赏者互动时没注意，喝了太多冰水，他的胃里突然急骤地翻涌起不适的感觉。

夏之恒与观众道别，匆匆下播。

强压了片刻，还是没忍住将铁片一样绞着他脏腑的东西都吐了出来。

等他满头冷汗地回到椅子上，误触到鼠标唤醒了黑屏的屏幕，才发现刚刚电脑卡顿了，他在匆忙间只关掉了摄像头，而直播间的麦克风是开着的。

他落脚的出租房很小，卫生间与卧室仅仅一面纸板墙之隔，那些呕吐的声音全被还在直播间里逗留的观众给听了去。

夏之恒直播热度最高的时候，弹幕也不曾这么密集过，层叠的文字几乎看不分明，也无须细看，那些一掠而过的文字连残影都带着恶意，纷繁涌现的都是由负面词汇构成的质疑。

满屏的"假吃"二字仿佛不合格的质检印章，在他的直播间里一锤定音。

夏之恒有那么一瞬间是蒙的，思维停滞，血液凝固，从胃一直凉进了心里，连喉咙都像被冻住了。

等他终于找回自己的声音，还没解释上一句，就被平台的管理员强制下播了。

与平台大力提倡节约粮食相对应的，假吃主播同样没有翻身之地。

尽管夏之恒发长文对平台和粉丝分别进行了解释，但在所谓的"现实"与大规模的投诉下，不过一夜之间，他的账号还是被封禁了。

夏之恒并不是催吐，如果知道会被误会，哪怕身体再不适，他也会咬牙坚持。

平台回复他的申诉，表示会进行核实查证，让他等候通知。

到了约饭时间，没能等到夏之恒电话的裴焕抱着捕捉夏之恒的想法，主动拨打了过去，对方仿佛正将手机攥在手里，几乎瞬间就接通了。

裴焕因为住院加处理积压的工作，没能关注视频平台动态，还不知道发生了什么。

夏之恒等待的大概不是他的电话，但裴焕听出了夏之恒语气里的紧张与落寞。

夏之恒还是准时赴约了，两人面对面坐在夜市的炸串摊位里。

总是阳光开朗的人失落到抬不起嘴角，看着比住过院的裴焕还憔悴。

"是遇到了什么不开心的事吗？"

夏之恒的脑袋越垂越低，像是要将自己种进土里，裴焕察觉不对，凑过去一看，才发现夏之恒满脸的眼泪。

苦难绊不住他的脚步，但他也会难过。

"我直播时因为失误被观众误解假吃，被举报封号了。"

"我相信你。"裴焕笃定地温声道。

这件被成千上万的人指摘的事，夏之恒自己说起时也像是理亏，简短的解释甚至没有还原清楚事情的始末。

但裴焕无理由地选择相信他。

夏之恒风雨飘摇的内心被温暖的安慰缓缓焐热，擦掉眼泪，自己做自己的指路明灯："我已经和平台解释过事情的始末了，账号应该可以找回来。不过我之后直播时的弹幕应该会不太友善，你再看我直播记得屏蔽弹幕。"

小勇士夏之恒自顾不暇间还为观众的观感考虑。

裴焕一言不发地打开了夏之恒的账号主页，情况远没夏之恒描述的那么轻描淡写。

账号被封。

直播被禁，涌入夏之恒主页评论区的讨伐者们只增不减，满屏都是谩骂与诋毁。

群情激愤的氛围下，真正的粉丝逆着洋流站出来帮忙解释，也不过成了小众声音。

人们更愿意相信在意外中被挖出的"证据"，崩坏的口碑没有那么容易逆转过来。

裴焕的神情冷得仿佛被自己饰演的反派取代了灵魂，他极力帮着证明。

赔光光："我和主播一起吃过饭，他很尊重食物，会将剩菜打包，即使烧坏的菜也不会浪费，他没有假吃。"

徘徊的粉丝们顶帖加点赞，将榜一的留言顶上了前排。

讨伐者们也将矛头对准了榜一的留言，因为对主播的否定将怀疑无限扩大。

"这个榜一要么是人傻钱多，要么是跟主播一伙的，是一个运营团队的人，大家别信。"

夏之恒从那个刺目的封禁标识认出裴焕在看自己的主页，赶忙道："不用理他们，互联网很健忘的，过了这阵就好了。"

裴焕少见地动怒，表情又冷又凶，似乎还准备帮忙澄清，夏之恒赶紧出声阻拦。

"真的不用解释，我其实也在考虑借这个机会休息一段时间。"

夏之恒笑得很牵强，神情几度转换，最后归于平静。

他承认道："而且我确实假吃了。"

~~~07~~~

夏之恒吸了吸空气里飘香的食物味道，拿起一根色香味俱佳的炸串，面无表情地吃完，对裴焕说："我确实假吃了。"

但不是别人以为的那种假吃。

夏之恒像做鬼脸一样吐舌，弯着眼，笑眯眯地说道："其实我吃不出食物的味道。"

裴焕不可置信地愣住："吃不出食物的味道？"

"嗯，是做吃播后总吃一些重口味和烫的东西导致的，我的味蕾从半年前就失灵了，那些吃得很香的样子都是我假装出来的。"

夏之恒皱着眉将曾经最爱的炸串咽下去，呼出一口气："所以我挺理解你吃不下东西的心情，不过你是心理上的，我算是生理上的。"

夏之恒跟裴焕说过，吃播也需要演技。

他之前闻着味道下饭，炒菜时判断不出调料是否适口，甚至于最初约饭时，没拿出直播状态时不太自然的样子……原来都不是没来由的。

裴焕深深地看着夏之恒："生病了为什么不去治疗，还用这种会伤害到自己的方式直播？"

"医生说要饮食清淡再慢慢调理，之前我妈妈病重，邻居们凑钱帮我妈妈治病，我想尽快还清欠款。康伯家的小孩马上要读高中，也急着用钱，我歇不下来。"

夏之恒搅着手指："我这算不算是某种形式的……那个词怎么说的来着，塌房。"

"你生气了吗？对不起，你那么信任我，我却一直在欺骗你……"

裴焕突然起身，道："等我。"

他将夜市上夏之恒介绍过的小吃都买了一份，边仔细品尝，边向夏之恒描述："炸里脊上刷的是甜辣酱，外酥里嫩，很香。"

"麻辣田螺的螺肉也很入味，带着点蒜蓉的味道。

"巧克力馅的糯米糍卖空了，这个是奶黄味的，外面的糯米清甜，馅的奶香味很浓……"

两人仿佛颠倒了过来，喋喋不休、积极吃东西的人变成了裴焕。

世界上本无感同身受，有的只是同病相怜。

裴焕不时停顿片刻，压下因为身体抵触引起的犯呕的感觉，直至介绍完所有的餐点。

他用手背在夏之恒的脸颊上抹了一把，嘴唇在手背上轻点了一下。

"你的眼泪尝起来是咸的——味道不好，所以别哭了。

"你希望我能出戏，我同样希望你不再掩饰自己。

"你还想知道哪些食物的味道，我可以告诉你。"

……

～08～

两人在夜市一同吃饭的场景被媒体拍到，夏之恒这下真的火出圈了。

媒体号关注起夏之恒，并自发地将夏之恒"假吃"事件始末整理了出来。

被挖出的往期视频里，夏之恒为了不浪费掉在桌子上的一小团米饭，挪开镜头，悄悄将饭又放回碗里的过程意外地被一旁水杯倒影记录了下来，足以说明他的职业态度。

误会由网友们传播又由网友们奔走解释清楚。

视频平台在一众催促下对夏之恒的账号进行了加急查证，综合他之前的直播与视频内容发出声明，摘掉了他"假吃"的标签，但也不提倡暴食等不健康的饮食方式，小惩大诫，解除了对夏之恒账号的封禁，处理转为禁播一周。

夏之恒对观众说清了自己的病情，在味觉恢复前，暂时变成了以制作食物为主的美食博主。

因为未能按照"约定"把体重匀给裴焕，作为违约的赔偿，夏之恒的陪吃副业无期限地延长了。

裴焕的厌食症找到了新的治疗方向。因为要帮夏之恒形容食物的味道，需要用心感受每一丝油盐的滋味，美味的描述说多了，他逐渐和食物达成了和解。

夏之恒做菜时调料的用量都是裴焕帮着调出来的，裴焕对品尝夏之恒做的饭菜也逐渐有了期待，四舍五入等于对食物有了期待。

夏之恒吃了一勺只加了点青菜叶的白粥，露出幸福的微笑。

裴焕挑眉："又在骗我？"

裴焕的眉骨上方还是留了道深刻的疤。但有失有得，嘲笑他靠脸吃饭的声音明显变少，他忙着磨砺演技，也不是很在乎外界对他外貌的评价了。

"这其实是我从小就练出来的技能，小时候我妈太忙顾不上我，邻居们会好心地请我去他们家做客，他们看到我吃得香会很开心，我那时就用这种方式表达感谢——说起来世界上还是好人多，比如我的这些旧邻居，比如给过我鼓励的路人网友，比如你。"

"不过刚刚我没假装，我真的在粥里吃到了一点米的甜味。"

裴焕惊喜道："真的？"

夏之恒由衷地笑道："不确定，我再尝尝。"

再尝一次人间烟火。

End

MOON IN

偏执守候腹黑弟弟

Vs 迷途知返自卑哥哥

THE SKY

以前那个还不到他肩膀的小兔崽子，
现在竟然都长得这么高了。

月亮高高挂天上

文/张大吉

In the sky

月亮
moon in the sky
高高挂天上

文/张大吉

爱生活爱养猫！微博@尹软软好软，欢迎来玩！

01

岳亮刚刚拿到他今天的工资。

两张红的，一张绿的，还有四枚一元的硬币。

他小心地把钞票折起来放进外套内侧的口袋里，又捏着四枚硬币往厂外走。

今天好像是什么购物节，岳亮一知半解地想到，总之托这个购物节的福，最近的日结工作比之前好找多了，虽然都是大夜班，但是干一晚就能挣两三百块钱，这让他心情颇佳。

每天都能挣着实实在在的钱，已经是他出院之前想都不敢想的事情了。

临出院前的那几个月，他一边复健一边不知道担心了多少次重返社会之后没学历没技术的自己找不到办法谋生，只能流落街头。现在看来，只要肯吃苦卖力气，就不愁吃不起饭。

岳亮走出工厂转运站的大门，耳边立刻传来车辆与人群的声响，他深深吸了口气，握着硬币的手也跟着呼吸攥成了拳头。

已经一个多月了，遇到这种车水马龙的环境，他还是会紧张。

不过纵然心情紧张，也抵不过他干了一整晚分拣的疲惫与饥饿。

正好外头一路上都是小饭店，菜香诱人，岳亮吸了吸鼻子，但看着人家干净亮堂的门店又踌躇起来。

他这人运气实在太差，从小就没爹没妈只能捡破烂过活，眼看着长大了，却又被车撞个半死，人事不醒的在疗养院躺了好几年才醒过来，现在好不容易苟延残喘活下来，又是个被时代抛在脑后的废物一个。

之前他不了解物价，去过一次饭店，吃了碗蛋炒饭花了二十二，心疼得他一晚上没睡好觉。

明明以前蛋炒饭才七块的，谁知道现在涨价涨成这样。

他只有四块钱零钱，实在舍不得把五十元的纸币拆开，就在街边小摊买了两个菜包，一边走一边啃。

岳亮留意着街边墙面上各种招工广告，遇到合适的就从裤兜里掏出一个铅笔头，在他已经写得密密麻麻的传单上又添一条。

他托人买的二手智能手机内存太小了，拍不了几张照片就卡得不行，只能手动记录。

其实说心里话，要不是现在去哪儿都要用手机上网扫码，他根本不想花这二百块钱。

白天没活干的时候，岳亮就四处搜罗自己能做的工作。

他如今不想再做当初的老本行了，但现在打工不容易，动不动就要提供学历证明，他这种人，几乎完全没了机会。

稳定长期的活计做不成，就只能做点临时的，像现在这种日结工，对他来说就是最好的选择——当天结账，还不会纠结有没有工作经验。

只可惜僧多粥少，他又不像别人还会加什么招工群，消息渠道少了，难得能捡到漏，今天一晃到了晚上，岳亮还没找到下一份活干。

他在路上闲逛，正好碰见小学生放学，一群孩子跟小麻雀一样叽叽喳喳地叫嚷着，有一个欢快得昏了头，一个猛子扎到岳亮身上。

岳亮脸生得嫩，眉眼清秀，穿着 T 恤时像个大学生，但眉尾的伤疤和利落的寸头却让他身上像沾染了世俗的复杂气质。

但实际上他连只鸡都不敢杀，脸上的伤都是他当年车祸留下来的痕迹。

"对不起！哥哥，对不起！"孩子顶着红脸蛋，可怜巴巴地看着他。

他愣了愣，像是想起什么人，可那小小的身影才刚刚凝聚成形，就又猛然消散了。

即便如此，岳亮也像是想起什么开心事一般，总是紧锁的眉头都舒展开了几分。

"以后注意点啊。"

一天下来，岳亮最终还是一无所获地回了住处。

他住在集装箱改造的集体宿舍，一个集装箱里有六个上下铺，住十二个人。住一晚五块钱，常住打八五折。

岳亮默默去了附近的卫生间洗漱一番，顺便把白天穿的衣服洗了晾在床头，躺在了下铺的床上。

他们住的环境本就不好，更是没人喜欢住容易被别人踩来坐去的下铺。

可是岳亮无所谓，他这个床位正对着集装箱改造出的小窗户，可以看到外头的天空。

今天晚上的天气不错，还能看到月亮，圆圆一个挂在天上。

岳亮弯了弯嘴角。

第二天，岳亮是被人喊醒的，他上铺的小伙儿说，有人在门口找他。

岳亮半梦半醒地想，总不会是以前抢地盘的对头听说他出院了，专程要来揍他一顿吧。

他从床头收下半干的短袖抖了抖套在身上，穿上鞋往外走。

也许是找错人了，岳亮想着赶紧把人打发走，然后去银行把昨天挣的二百块存起来，毕竟现在住的地方人多眼杂，最容易被偷。

加上这两百块，他手头就有四千三百五的存款了，只可惜他现在还找不到一个稳定的工作，如果有了，他心里也就更安稳些。

他正在胡思乱想，就被温热与阳光抱了个满怀。

"哥！"

岳亮小时候营养不好，正该发育的那几年没吃上什么正经东西，所以纵然他每天爬高踩低，身高也只有一米七。

揽住他的这个人估计一米九都有了，他被抱个满怀才到人家下巴。

他抬头看了眼对方，又期期艾艾地松开胳膊，偏过头努力眨了眨眼，想要摆脱眼里突然升起的水汽。只是，他还没来得及推开对方，就听见一个委屈的声音。

"哥……你不记得我了吗？"

"啊……"

岳亮张了张嘴又尴尬地闭上，目光紧锁在这个眉目英朗的年轻人身上。

小哑巴都这么大了啊。

岳亮只念了三年小学就辍学了。

他亲爹是个只知道打人出气的浑蛋，每天不着家，他妈生下他没几年就跑了，没人供他上学，他就没念书了。比起念书，活命更要紧。

可是十岁的小孩能有什么谋生手段呢？他这么点大，去打黑工都没人要，只能四处流浪，饥一顿饱一顿。

也不知道是命好还是命苦，他差点饿死的时候被一个老头捡到了。

老头岁数也许不大，但是看着胡子拉碴满头灰发。这人是个收破烂的，相中了他身子骨结实，手脚麻利，样貌清秀，看着像好人家的孩子，要收他做徒弟。

你说可笑不可笑，收破烂也要拜师父收徒弟。

不过岳亮后来想明白了，这老头子孤孤单单一个人，没成家也没亲友，总是需要一个人养老送终的，老头有了他，相当于买了个失业保险。

其实老头对他不算好，挨打受骂都是常有的事，但是至少有饭吃。

岳亮就这么东一口西一口过了两年多，学了一身拾荒的本事，然后老头就死了。

岳亮还记得，那天老头领着他去了一个别墅区，那里住的都是挺有钱的人家。

这种地方的垃圾堆里好东西不少，没一会儿，老头果然欢欣鼓舞地翻出来了好大一瓶药酒，里头蛇蝎蜘蛛乱七八糟，简直五毒俱全。

老头说这是好东西，晚上他就着半霉不霉的花生米"咕咚咕咚"干了大半瓶，还没等到第二天天亮就一命呜呼。

他们两个文盲什么也不懂，酒确实是好酒，只是这好酒不是内服的，而是外用的药酒。

老头没了，日子还得继续过，岳亮就继续捡他的破烂。

他也想换个谋生手段，但是除了捡垃圾眼尖手快，别的他什么都不会，做别的也没人要，好像被一双手摁进了垃圾堆里，无论怎么想洗干净都是臭烘烘的。

岳亮本以为他会这么一个人游荡，活一天算一天就罢，谁料没过多久，他竟然捡了个小孩回来。

初见之时，小孩被人贩子绑在老小区的一间旧房子里，看上去像是被狠狠折磨过，脏兮兮、瘦骨嶙峋的，只有那双眼睛又大又亮，跟夜晚的星星差不多。

岳亮才十三岁，稀里糊涂就被这双眼睛迷了心窍，他翻进破窗里给人松了绑，一路背着小孩逃了出去。

他一个收破烂捡垃圾的，也心血来潮当了一回英雄。

老小区里环境糟糕，连个路灯都没有，只有漆黑夜空中挂着的月亮给他照路。

岳亮深一脚浅一脚地走着，背上的小孩轻得像一张纸，只有那一双细瘦的胳膊死死搂着他，仿佛生怕再被送回那个吃人的魔窟里去。

贼不走空，岳亮这一趟何止捡到宝，甚至还带了个喘气的大活人回来。

"到地方了。"十三岁的岳亮喘着粗气把背上的人放到他用硬纸壳凑合铺出来的"床"上，"你哪儿人啊，给你爸妈打个电话赶紧回家去！"

他是不会同情心泛滥到想要养这个小孩的，他自己的日子都不怎么好过，绝不会找这些破事节外生枝。

岳亮当初这么坚定不移地想着，后来脸又被打得生疼。

他不仅带着这个小累赘东奔西跑，甚至还为他差点没了命。

03

岳亮还记得，当初那个一声不吭只知道啃馒头的笨蛋，被骂了也不吱声，光知道睁着一双大眼可怜兮兮地盯着他看。

可是他印象里的人又小又笨，翻个垃圾桶都不利索，脸嫩得像个小姑娘，被他送走的那天还哭了老半天鼻子，哪像眼前这个英俊的大高个？

岳亮的舌头有些打结，犹豫半天道："小安？"

"哥！"他一开口对方就更激动了，眼睛亮亮的，"哥……我就知道你还记得我！"

"咳咳咳……"岳亮一张嘴就被勒得直咳，"臭小子你放手，别把我给勒死……咳咳！"

最后岳亮还是带他找了个饭馆。

"你想吃什么就点……"岳亮找了个位置坐下，打量了一圈没看到菜单，只能讪讪地挠了挠头，"现在都用那个什么……手机点菜，你自己点就行了，我请客。"

"好。"青年一边应声一边擦椅子，"哥你坐这边，我刚擦的，干净！"

"不用了，我……哎！"

岳亮说着不用不用，还是被人按着换了位置。

岳亮骂他的话卡在嗓子眼里，看着他乐呵呵地继续擦板凳，老半天才勉强咽了下去。

他们八年没见，虽然当初朝夕相处了很长一段日子，但是已经过去很久，像是蒙上了纱，变得模模糊糊的。

眼前的青年穿着干净修身的衬衫，面容阳光又俊朗，岳亮摩挲了一下粗糙的双手，有点不知所措的欣慰。

这小屁孩真的有在认真长大。

岳亮清了清嗓子，问他："你现在有好好读书没？"

"哥，我去年就大学毕业了。"高大的青年笑起来竟然有一种眉眼弯弯的可爱，"我有好好念书，也有好好喝牛奶吃鸡蛋，现在个头还行对吧……"

当初岳亮老是逼着他吃鸡蛋，说什么吃蛋当吃肉，别长成一根"豆芽签子"，现在他长得高，就跟邀功似的，得意得很。

"那你找到工作没有？我听说现在大学生找工作也不容易。"自己都有了上顿没下顿，岳亮反而还在担心他，"你……你家里人对你还好吗？"

"在工作，我能自己养活自己，哥你放心。"说着说着，高凌安又犹豫起来，那双总是笑盈盈的圆眼垂下来，眼皮叠起一个委屈的弧度，像是受了伤的大狗狗，"其实……我家里已经没有别的亲人了，不过好在他们留了点积蓄给我，也饿不死。"

"怎么会这样？"

岳亮捏紧了双手，一下子紧张起来，明明当初送小孩回去的时候，他家里还有亲人的，这还没有十年，怎么又变回孤儿了。

高凌安没回答，只是垂下了眼睛。岳亮也一下子手足无措起来，只能尴尬地转移话题，勉强开口。

"那，那个有工作饿不死就挺好的。"

只要能挣上钱就是好日子，真要说起家人、亲戚，他自己也没有，两人半斤八两没什么差，也轮不上他来心疼人家大学生。

"那你好好干，努力上班，多挣钱存点老婆本，总不能让人家小姑娘跟着你过苦日子。"

　　岳亮想到前些天听身边的工友说自己家小孩不愿意结婚生子，也知道现在的年轻人性子倔，他不清楚小安到底怎么想的，此时此刻他也不想说教太多，免得讨人厌。

　　岳亮干脆止了话头，安静地打量起眼前人来。

　　他看着这个人长大，两人相依为命了整整七个年头，以前那个还不到他肩膀的小兔崽子，现在竟然都长得这么高了。

04

　　久别重逢的一顿饭吃得岳亮有点尴尬，这小子原来不爱说话，现在一张嘴却是"哥哥哥哥"叫个不停，跟麻雀一样聒噪。

　　好不容易吃完饭岳亮才松了口气，趁对方去卫生间的空当把剩下的菜汤拌了米饭打好了包。

　　"服务员，结账。"

　　岳亮正准备从口袋里掏钱，就听到服务员回话。

　　"先生您好，这桌已经结过账了。"

　　岳亮一愣，停下了掏钱的手，又问道："一共是多少钱？"

　　"一共一百六十八元。"

　　等高凌安收拾好出来，就被岳亮硬塞了两百块钱到怀里。

　　"哥你这是干吗？"两张钞票像是烫手一样把高凌安的脸都烫红了，他被塞了个措手不及，只能反复念叨，"我有钱的。"

　　"说了我请客。"岳亮满脸严肃，像是古板又严苛的长辈，"刚刚毕业能剩几个钱，你不要太大手大脚了，现在样样都得花钱，多存点钱总没错的。别还跟孩子一样不懂事。"

　　岳亮一字一句说得老气横秋，可是明明他只不过大了高凌安五岁而已。

说完他又觉得不妥当，担心自己讨人嫌。

"哥……"

这个英俊的、年轻的、体面的青年却没有半点他以为的不耐烦，像小时候那样小心翼翼地拉住他垂在身旁的衣角，牢牢地握住，轻轻晃了晃。

"我们一起回家好不好？"

路灯映在他脸上，泛起暖黄的绒边，好像月华流光。

高凌安已经等了好久，可明明每次想起，分别那天都仿佛只是昨天而已。

那时，刚刚二十岁的岳亮就像是一把浑身是刺的苍耳，硬邦邦的，扎得人生疼。

他恶狠狠地盯着面前的少年，还包着纱布的脸上是刻意维持的冷漠："你跟他们回家去，听见没。"

"我不。"

可惜对方半点不怕他，跟他混了七年多的小哑巴已经改头换面会开口说话了，他被岳亮天天牛奶鸡蛋喂着，还没有到十五周岁就已经快跟岳亮一般高了。少年执拗得像一头牛犊，不许别人拉扯他的缰绳。

"哥，你跟我一起回！"

高凌安在警察局里大闹了一场，非常不帅气地哭得满脸眼泪，最后被岳亮一脚踹走，塞回了他老泪纵横的爷爷奶奶怀里。

旁边守着的警察忍不住问他："你就不怕他以后把你忘得一干二净了？"

岳亮却只是苦笑。

"忘了才好。我又不是什么好玩意儿，就是得忘了才好。"

忘得一干二净才最好。

05

一转眼，当初的那个小尾巴，现在已经高到需要岳亮去仰视了。

高凌安的脸上满是难掩的急迫和依赖，像是想把心都剖出来给他看："我家只有我一个人，我专门准备了一个带卫生间的卧室等着给你住的。"

"不用。"岳亮缩了一下，可是却没能挣脱，"我现在挺好的。"

他没文化没工作，还因为车祸留了一身伤。

可高凌安跟他不一样，一个清清白白的正经大学生，办公室里坐着的干净人，要是被周围人知道他跟自己混在一起，他们会怎么看他？

他知道高凌安对自己心怀感激与歉意，但他更希望小安能过好自己的生活。

岳亮想得明白，也不愿意听对方的哀求，兀自加快了脚步往他的小集装箱屋走。

路上满地都是泥泞的水洼，有的是雨水，有的是生活废水，混成一言难尽的肮脏液体，散发出令人作呕的味道。

岳亮先前不觉得有什么，现在被紧紧地跟着，却觉得耳根发烫。

反倒是跟在他身后的人神色泰然，即使被污水弄脏了鞋也毫不在意。

集装箱屋小而矮，连进门都得弯腰才能避免被磕到脑袋。

"这不是你该来的地方，快点回去。"

岳亮嘴上轰着人，手却利索地往床上铺着旧衣服，垫在又破又硬的床板上。

"我这儿不干净，你穿的别弄脏了。"

同屋的人看见衣着光鲜的来客，就好像在土鸡窝里看到了金凤凰，对着人一通上下打量。

"哟，亮仔，你从哪儿带来的小帅哥？"

"我是他弟弟，我叫岳安。"高凌安没显出不耐烦，还友好回应，"谢谢大哥最近照顾我哥，我来接他回家。"

高凌安这一身穿着，虽然看不出牌子，但是整洁英挺，一看就跟他们不是一路人。

"都说了我不……"

岳亮还没来得及拒绝，就被高凌安堵了回去："哥，你不愿意跟我回家也没关系，从今天起我也住这儿，你干吗我干吗，你去打工我就去打工，你躺着我也躺着。"

他说着就往床上一躺，好端端一个帅哥，却一副无赖模样。

"你不是还有工作吗，班不上了？"

高凌安蜷在这个硬板床上，显得十分委屈："我来这儿就是要带你回家的，你不走，那我也不走。"

"你几岁了？"

岳亮从相见起就生出的不安局促都被高凌安的死皮赖脸搅和没了，他伸手就是一巴掌，跟以前一样拍到高凌安身上。

"二十三了。"

高凌安答应得理直气壮，又借着挨打的工夫，硬拽着岳亮的手腕不肯放。

岳亮不想跟他拉扯，却又拽不动他，望着高凌安固执的目光，他好像猛地回到了那些下雪刮风的夜晚，他们在荒废的公园中、天桥下、桥洞里，一边用点燃的废纸壳取暖，一边紧紧依偎着睡着。

那时他每次想赶高凌安走，高凌安就不发一言地攥着他的衣角，用这样执拗的目光看着他。

记忆中的孩子与眼前这张脸渐渐重叠，长大后的高凌安开了口，嗓子里都是思念磨出的沙哑："我已经六年零二百四十八天没有见到你了……"

"哥——"高凌安委屈得像是当年被丢下的小孩，"你就一点都不想我的吗？"

岳亮偏过脑袋，不让人瞧见他通红的鼻尖。

"不想。"

06

最终还是岳亮妥协了，应当说一向都是他在妥协。

过去的那些年里，他救了一个跟屁虫，养了一个小哑巴，本来想俩人相依为命，又一夕之间便失去了这个唯一的亲人。

刚以为要开始新生活了，突然他就又被套牢了。

他好几次想要反悔，可是看着高凌安笑得合不拢嘴的模样，又只能闭嘴了。

"哥，到家了，你快进来。"高凌安先一步进了门，站在玄关招呼人，高兴得像只小狗使劲摇着尾巴。

岳亮站在门口，却开始踌躇起来。这个小区在市中心，环境整洁安静，大片的草地绿树，喷泉、泳池、篮球场、跑道一应俱全，高凌安住在顶楼的挑高大平层，推开门，整座城市的夜色透过落地窗尽收眼底。

岳亮从未到过这么高档的小区，光是站在这儿，就觉得自己格格不入。

可是高凌安开心得眉飞色舞，恨不得站在门口就把屋里的陈设给他介绍个遍。

"哥，我去准备洗澡水，给你接风洗尘。你这些天辛苦了，今天什么都别管，先好好睡一觉，我去公司加个班，回来了带你吃夜宵。"

"你忙你的就行，我不用你操心。"

他说得真心，奈何高凌安根本没听，殷勤得要命，包要帮忙提，外套要帮忙换，连鞋都要帮他脱，就连岳亮关上浴室门之后还在门口跃跃欲试："哥！真的不用我帮你搓背吗？"

"滚！"

岳亮站在浴室里做了个深呼吸，他实在是不知道这人从什么时候起变得这样死皮赖脸，不过好在被这样闹着，他心里的忐忑也被抹平了很多。

他看了看镜子里的自己。

其实他今年年底才满二十八岁，可他感觉已经活了好几辈子了。

十岁之前还有家的那辈子。

十岁到十三岁跟着老头的那辈子。

十三岁到二十岁带着小累赘四处讨生活的那辈子。

二十岁到现在，又是一辈子。

他经历的变故太多了，这让他的心态根本不像一个二十多岁的年轻人。

好在他也从不愿意去想以后，车祸后死里逃生，到如今能过一天就算一天，他本来也就是个没什么指望的人。

他没有家人，没有朋友，没有牵绊自然没有拖累，也不想拖累别人。

岳亮心底还是想走，他总觉得现在的自己是个麻烦，他性子要强，不愿意给人添麻烦。

他当初离不开，是因为弟弟需要照顾，可如今弟弟已经长大成人自食其力了，甚至过得比他想要好得多，根本不需要他来添乱。

与其在这里待到令人生厌，还不如早些告别，留下些好回忆。

岳亮这么想着，心里通畅多了。

他痛痛快快洗了个热水澡，刚一踏出浴室就闻到了浓郁的香味。

"我炖了点汤，哥你先喝点再睡。"

岳亮一出浴室，就看见高凌安在餐桌旁解着围裙。他是真的忙，已经在麻利地收拾随身物品准备出门了。

不过即使这样，他也啰啰唆唆地叮嘱："碗丢洗碗机里就行，你别管，我回来收拾。喝完了早点休息，先好好睡几天再说，家里有监控，你要是想我就跟这个摄像头说说话，我听得见……"

"知道了知道了。"岳亮听得直皱眉，"我又不是三岁小孩，你该上班就去上班。"

07

高凌安出了门，脸上的笑容也跟着收敛起来。他人高马大，不笑的时候其实很严肃，甚至有点骇人。

他刚从入户电梯到了车库，立刻就有西装革履的助理迎了上来。

"高总，今天需要签字的文件已经整理好了……我们之前招标的项目有投标方最近打算来一趟，您本周四和周五晚上没有安排，是否要接受他们的邀约？"

"周四。"

高凌安一上车就忙得不可开交，他前段时间才把公司分部搬到 A 市，需要他定夺的事情多如牛毛。好在现在手底下没了那些老蛀虫，运转起来还算顺畅。

这公司是他父母留下来的，他八岁那年双亲遭遇意外，侥幸活下来又遇到人贩子，如果不是遇到岳亮出手相助，也许早就客死异乡了。

颠沛流离了七八年，才得以和家人重逢，岳亮狠心将他送回了家，以为他能过上好日子。

但高家贪心的亲戚在这些年中侵占了他父母的公司，高凌安到现在都清楚地记得，他回来那天那些人眼里的错愕和震惊。高凌安捏着失而复得的股份装傻充愣了好几年，一直到成年之后才渐渐采取行动。紧赶慢赶，他总算把上一辈的烂账抹平了，这才回到了 A 市。

想起岳亮，高凌安的心情又好了起来，批报销单的手都快了许多。

他如今账户上的资产不计其数，可是平日里的消费欲望却低得可怕，前些年每天就直接住在公司休息室里，日子过得像是苦行僧。

但现在不一样了。

哥哥回来了，他在 A 市安了家，把哥哥带回家之后，他有很多事想做，还想把天底下所有的好东西都给哥哥。

想到这里，认真签完字的高凌安拿出手机点开家里的监控视频。

他看着岳亮喝完了那碗汤，正在走来走去地收拾什么。

哥哥在找什么？是不是家里还差什么东西忘记置办了？

高凌安正在暗自猜想，就看见岳亮收拾好了自己那个瘪瘪的黑背包。

他捏着手机的指骨一紧。

岳亮很少喝汤，他过去根本就没有这种闲情逸致。能有顿饱饭都算好了，哪里还有工夫喝汤。

他还记得有一次他带着高凌安去翻饭店后厨的垃圾桶，正好碰到有人庆生大摆筵席，剩下的饭菜多得只能倒掉，岳亮立马冲上去说了一番好话，分到了一份炖汤。

他小心翼翼地把汤带回暂住的破屋，用旧瓦罐和土灶热了热，又煮上三个掰碎的隔夜硬馒头。

寒夜里的馒头碎热鸡汤，吃得他们两个肚皮溜圆。

那时候的弟弟性子比先前开朗多了，一边打饱嗝，一边跟他夸下海口。

"哥，以后我挣钱了，天天给你炖鸡汤喝。"

"别了，你这么孝顺，还是先把今天的卷子做了吧。"

谁能想到他们一大一小两个流落街头的流浪汉，每天还要做卷子呢。

他当初为了多赚点钱，谎报年龄去给一个退休老师搬家。

那个老师是个好心人，看到他带着高凌安一个小孩就忍不住心疼，硬是塞给他们一大堆教材跟卷子，让小朋友好好学习，还招呼着有什么不懂的随时去问。

这时候岳亮才发现弟弟还是个天才，好多东西不用学就会了，记性也好，只要说过一次就能记住。

岳亮喝完最后一口汤，洗干净了碗，翻出他的褪色背包，仔仔细细地把他换洗的两套衣服装了进去。

他先前也没答应过高凌安留下来，现在面也见了，饭也吃了，见到高凌安过得这么好他已经很放心了，也不算不辞而别。

08

"抢劫！抢劫啊！"

岳亮离开小区没多远，伴随着女声的尖叫，一个黑影飞快地往他这个方向冲过来。

他下意识地取下背包摔到来人的脸上，紧接着整个人像是炮弹一样冲了过去。

他虽然没有专门学过，可也从拳打脚踢里练出来一番身手，很快就把人摁在地上，顺利交给了接连赶到的警察们。

"小岳？"

"牛警官？"岳亮看着面前的民警，忍不住睁大了眼睛，"好久不见。"

岳亮最后一次见牛警官，是送小哑巴回去的那天。

"这小孩找到家属了，你今后也轻松些。"当时牛警官宽慰他，"对他也好，你也好，总归是件好事。"

他收破烂的时间长了，又居无定所四处游荡，这个片区的民警都认识他。有些个好心的还会特地把家里的废纸壳、废水瓶积攒起来给他。

"我明白，能找到他家里人，肯定比跟着我饥一顿饱一顿强。"

"你明白就行。"牛警官清了清嗓子，看着眼前面色苍白的青年也觉得心酸"他的监护人已经在路上了，你今后还是多操心操心你自己吧。"

岳亮愣了愣，梗着脖子说："我没什么可操心的。"

他说话算话，当初没什么可操心的，现在也没有。

"行啊你小子，伤才养好就又见义勇为了。"

"也说不上。"被人开口这么夸，岳亮还有些不好意思，"我只不过是正好撞上了，就帮帮忙。"

"真要说起来，确实了不起。"

岳亮耳根都红了，语无伦次地回道："您过奖了……"

他好像被一场大雨洗干净了身上的污垢，成了一个亮堂堂的人，脚步第一次这么轻快。

"哥！"

岳亮刚一回神就看到高凌安在路边公交站笔直地站着，不知道在这儿等了多久。

"你怎么知道我在这儿？"

"牛警官说的。"

岳亮不觉得奇怪，他认得牛警官，高凌安自然也认得，他只是皱眉："你不是在上班吗，专门跑一趟干吗？"

高凌安伸手拉住他的胳膊，岳亮没挣开，只能念叨："好好上你的班去。"

对方不言语，只是垂下头，哽咽着："你受伤了。"

那是他之前跟抢劫犯搏斗时不小心留下的擦伤，看着严重，实则没有伤筋动骨，他也不觉得是什么要紧的事，回去拿水冲冲就好了。

"这又没多大事……"

"痛不痛？我带你去医院看看。"

岳亮不乐意："去什么医院，花那钱干吗，自己擦点药就行了。"

"人重要还是钱重要？"高凌安凶得要命，硬拉着他上了出租车，"你说了不算。"

岳亮望着高凌安虎口上那道浅白的疤，忽然有种时光倒错的感觉。

他们当年的日子过得捉襟见肘，靠捡垃圾维生怎么能体面得了，小孩子手嫩，弟弟被垃圾袋里藏着的啤酒瓶碎片割到了手，鲜血直流还一声不吭。

"你小子厉害啊，被碎玻璃扎了都不知道吭声的？"岳亮气得够呛，连忙提溜着人往卫生院跑，"你是觉得我虐待你？"

小高凌安吞吞吐吐地蹦出来两个字。

"花钱。"

"你傻啊！人重要还是钱重要？"

谁能想到风水轮流转，这句话被还了回来。

岳亮的伤确实算不上重，简单处理一番就可以打道回府。只是高凌安一直黑脸，直到回家也没有恢复几分。

"你看吧，还不是一样消个毒就回来了。"

岳亮开了口，高凌安却还是不说话。

"又哑巴了？"岳亮莫名其妙有几分心虚，只能色厉内荏地提高音量，"你这臭小子本事大了，脾气也见长了啊。"

高凌安依旧沉默。

他之前看到岳亮想走，脑子里想的都是用各种软硬兼施的手段把哥哥留在身边，可是等他知道了岳亮跟抢劫犯打斗的事，他就什么计谋都忘光了。

他只能像小时候一样哀求："哥你别走……"

"你别再丢下我一个人，求你了。"

岳亮叹了口气，伸出包扎好的手，揉了一把这蔫答答的脑袋。

"好。"

09

也许是好人有好报，见义勇为之后岳亮交上了好运。

之前那个被抢的事主在小区附近开了一家餐饮店，刚好筹备着招人，岳亮误打误撞，给自己谋了份工作。

他是吃过苦头的人，好不容易有了一份稳定的收入，自然认真又努力，恨不得一个人干三个人的活，起早贪黑天天加班，反倒得高凌安每天来接他下班。

这天高凌安回家又不见他哥，只能打电话。

"哥，怎么还没下班？"

"马上了。"

那头的岳亮回了一句话后就把电话挂了，一看就没往心里去。

高凌安只能穿鞋出门去领人。

他走到小区外，老远就看到岳亮在吭哧吭哧地搬货。他刚挽起袖子想要帮忙，就被眼尖的岳亮瞧见，高声制止了。

"你别来，一会儿衣服弄脏了，划不来。"

岳亮不认识什么牌子，但是看高凌安衣帽间里熨得平平整整的衬衫、精致的袖扣手表，就知道这些东西金贵得很。

高凌安想动手，岳亮就用眼睛瞪他，他就不敢动了。等岳亮好不容易搬完东西，脑袋上都冒起了腾腾热气。他脱下店里的围裙，开心地招呼高凌安过去，像献宝一样打开一个厚实的保温袋，神神秘秘地掏出两杯奶茶来。

"你尝尝，我们店里的小姑娘说年轻人都爱喝这个！"

岳亮说话的尾音都在上翘。

他现在有了正经的工作，不用担心朝不保夕，整个人的精神都好了，看着也快活年轻了起来。

他跟社会脱过节，所以就连一杯奶茶对他而言都显得新奇有趣。

他跟高凌安边走边喝，又开始嘟囔起来："怎么吸都吸不动，好怪啊？"

这奶茶里的小料加得满满当当，岳亮一边憋红了脸用力吸着布丁，一边跟高凌安抱怨。

"这个东西就跟粥一样，到底好喝在哪儿了？"

高凌安侧身看着他，神情慢慢柔和。

这么多年过去了，哥哥反而像变成了小孩，连抱怨都让他觉得开心。

尝试奶茶失败的岳亮没注意到他，还在自我安慰。

"虽然有点怪，但是能管饱也行。"

高凌安笑出了声。

晚饭过后，岳亮说还有大事要跟高凌安宣布。他现在一个月能挣四千五了，就一张一张数了两千块，端端正正捏着钱要给高凌安家用。

"哥，我有钱。"

"你有是你的事儿，我给是我的事儿。"

岳亮最近气色很好，连眉尾的疤都好像浅淡了几分，他的眼睛明亮，看得高凌安心软，不得不妥协。

"行吧，我留着。"

他接过这一叠钞票，觉得有点沉重。

是他想岔了，他之前想要给哥哥所有的一切，可是比起那些，能靠自己挣到钱自给自足，哥哥好像更开心一些。

但紧接着，岳亮的话又让他的心沉了下去。

"我之前的伤已经好了，一直住在你家也不方便，同事给我推荐了一处离餐饮店很近的出租房，我有空去看看合不合适。"

"哥，这里也是你的家啊！你觉得哪里不方便你就说，我都能解决，能不能不要搬出去？"高凌安着急地攥着岳亮的衣袖，他以为岳亮已经改变想法了，没想到岳亮还是要走，顿时慌乱起来。

但岳亮这次好像铁了心，怎么也不肯让步："哪有哥哥一直跟弟弟住一起的，你别跟孩子一样不懂事。"

岳亮站在公交车站，准备去同事介绍的出租房看看。他不怎么在意居住环境，只希望房租不太贵就好，正这么想着，高凌安给他买的新手机就响了。

"喂，怎么了……"

那头却不是熟悉的声音。

"请问您是岳亮先生吗？高凌安现在在第一医院，想麻烦您过来一趟。"

岳亮心口一紧："我马上到！"

从出租车里冲下来的时候，岳亮因为太着急差点崴了脚，他没顾得上痛，直奔急诊科而去。

晚上的急诊科人来人往，岳亮手忙脚乱，还好有之前电话联系他的人带着，才顺利找到了人。

高凌安躺在病床上，闭着眼，不知道是昏睡还是昏迷，但看着没有缺胳膊少腿，岳亮稍微放心了些。

领他来的西装男把他带到了病床旁，欲言又止地说道："我姓穆，是高总……高凌安的同事，他情况比较复杂，我就带他来医院看一下。"

"麻烦您了。"岳亮一路奔波，还在喘着粗气，他看了一眼躺在病床上的人说，"我照顾他就行了，您先回去吧。"

西装男走的时候，看了看病床上的人，又对着岳亮客气地弯了弯腰，弄得岳亮心里毛毛的。

下班途中受了伤，这应该算是工伤吧，看这人的表情，高凌安他们公司不会不负担治疗费用吧？

岳亮忍不住担心起来，他现在身无长物，要是高凌安这次受伤严重，他那点积蓄根本不够。

实在不行就想办法借一些钱，他多打几份工，慢慢还总能还上……

岳亮正做着最坏打算，高凌安已经睁开了眼，虚弱地喊了他一声："哥。"

"你醒了？现在怎么样，有哪里痛吗？刚刚有人突然跟我说你进了医院……"岳亮冲到他床边，一个劲安慰道，"总之人还活着就行，钱的事你不用操心，肯定能治好的……肯定能治好的。"

他说了好几遍，不知道是安慰对方，还是安慰自己。

高凌安看着岳亮脸上无法掩饰的担忧和关切，突然有点心虚。

"我没事的，哥你别担心。"

"你别逞能。"岳亮叹了口气，"有我在呢。"

岳亮越说脸色越沉重，看得高凌安在心里大喊糟糕："没有，我真没什么事。"

他这个昏着确实是太昏了，他听说岳亮今天下班要去看房，一时情急，正好赶上肠胃实在不舒服，就挂了个急诊号，然后让同事通知他哥。

他平时的处事不惊、深思熟虑，一遇到岳亮就全忘记了，只知道做些傻事。

"到底是哪里受伤了？"岳亮上下打量了几圈都没发现高凌安身上哪里有包扎过的伤口，要不是病房里人来人往，他都恨不得直接上手薅衣服了，"不会是脏器受伤了吧？"

高凌安心虚得厉害，正不知道如何收场，就听值班护士喊道："25号床，可以走了！"

高凌安傻了。

"护士他怎么了啊？"

"你是他家属？"漂亮的护士小妹说道，"下次让这位帅哥注意点，饭后不要久坐，容易消化不良。他情况不严重，不用太紧张，不是非要住院不可。"

"哥，你等等我！"

高凌安地去追岳亮，心里直骂人，他是真急糊涂了。

"哥，我错了，你别丢下我！"

"丢丢丢，你唱儿歌呢？"他担心了一路，心都要拧成两节了，现在跟他说就这么点事，他心气怎么能顺，"我担心得要命，结果你在这儿逗我玩？"

"哥！"高凌安趁着岳亮站着没动，死乞白赖地抓着他的衣角，"我脚疼，走不快，我们回家好不好？我买了你爱吃的水果。"

岳亮还是臭着脸，不过他也就是骂两句，知道高凌安没出意外，一颗心才算是放回胸膛里去了。

回到家后，趁着岳亮洗澡换衣服的空档，高凌安殷勤地准备好零嘴、水果和饮料，等岳亮从浴室出来，又拉着岳亮去阳台聊天。

他给岳亮倒好喝的，又递上水果，终于忍不住小心地开口道："哥，我需要人照顾，你能不能不走了啊？"

岳亮差点呛了一口橘子汽酒，终于明白高凌安搞这一出是为了什么："你是故意的？"

"哥……"高凌安还想狡辩，却在岳亮警告的眼神中败下阵来，"哥，对不起，我错了，我只是不想你丢下我。没有你我就没有家了，你别生我的气好不好？"

岳亮看着他慌里慌张的样子，心中酸得像是涨满了柠檬汁，但一直以来积压在胸口的不安却也在此刻被慢慢抚平熨开。

岳亮一直以为是高凌安小孩子脾气离不开自己，可是今天他才明白，一直想要推开高凌安的自己，又何尝不是因为害怕被人丢下才不敢奢望呢？

听说高凌安受伤，他六神无主跟无头苍蝇似的乱撞，就跟当年他舍不得送小哑巴回家一样，他们互相需要着，是彼此唯一的家人。

十五年前的那个夜晚，当他背着瘦小的高凌安，脚步一深一浅地踩着月光逃亡，无须血缘的深刻羁绊已经铺成了一张大网，将他们捆绑其中，无法挣脱。

耳边高凌安还在絮絮叨叨地撒娇道歉，岳亮抬头看天，天上的月亮恰好又是圆溜溜一个银盘。

"我不走。"

月圆，人也该再团圆了。

End

图书在版编目（CIP）数据

限定好友. 8, 极端体质 / 李科棠主编.
—武汉：长江出版社，2023.10
ISBN 978-7-5492-9129-8

Ⅰ. ①限… Ⅱ. ①李… Ⅲ. ①短篇小说—小说集—中
国—当代 Ⅳ. ①I247.7

中国国家版本馆CIP数据核字(2023)第180930号

限定好友. 8, 极端体质 / 李科棠 主编
XIANDING HAOYOU8　JIDUAN TIZHI

出　　版	长江出版社		
	（武汉市解放大道1863号　邮政编码：430010）		
选题策划	漫娱图书　雷雨薇 解天予		
市场发行	长江出版社发行部		
网　　址	http://www.cjpress.com.cn		
责任编辑	罗紫晨		
特约编辑	胡丽云		
总 策 划	嗑学家工作室	开　本	880mm×1230mm　1/32
装帧设计	吴 琪 许 颖	印　张	6.75
印　　刷	深圳市精彩印联合印务有限公司	字　数	207千
版　　次	2023年10月第1版	书　号	ISBN 978-7-5492-9129-8
印　　次	2024年3月第3次印刷	定　价	39.80元